愛上作文！

長庚國小四年二班得獎作品集

陳彩鸞・編著

....ink

校長序

一群愛上作文的小鳥

　　從大鳥老師手中接到四年二班小鳥們的得獎作品集初稿，內心除了滿是歡欣之外，更要賀喜這羣樂於寫作的小鳥們，在第一本班書「飛翔吧，作文鳥！」出版之後，又鍥而不捨的完成第二本班書，這對升上五年級將要分班的小鳥們而言，是一段難以忘懷的回憶，更是一份寶貴的紀念品。

　　一直以來，長庚國小的教師團隊總是不斷鼓勵孩子要樂於閱讀並到各地參訪，無論藉由任何形式的學習，期盼孩子們能拓展視野，使自己的見聞與心胸更為開闊。而大鳥老師（彩鶯老師）更是鼓勵孩子將自己的經驗轉換成文字，一一記錄下來，這過程不但可以訓練孩子的觀察能力，同時也是檢視自己的生活、學習與自己對話的好時機，當結果呈現時，孩子們的筆法或許不夠洗鍊，文辭或許不夠優美華麗，但字句間卻充滿著童真與趣味，且最令人感到欣慰的是那份專注與投入，因為認真的人最美麗！

　　在資訊媒體發達的今日，無論是紙本的報章或網路都提供了許多空間給樂於寫作的人，也給了我們的孩子有許多發表

　　的機會，讓他們能藉由寫作描繪生活、抒發情感，並且與人分享，每當獲知文章被刊登出來，對這羣純真的孩童而言都是一次成功的經驗，更是信心的累積及繼續創作的動力，但我只想告訴小鳥們，不管文章是否能被刊登，只要完成一篇作品都是值得喝采的，因為這都是你們成長歷程中最寶貴的紀錄。

　　本書收錄的篇目都是孩子們在中年級這兩年來的作品，今日能彙整成冊並且出版成書，要感謝彩鶯老師辛勤的指導與鼓勵，讓孩子們在告別中年級的同時，還能帶著這一份珍貴的禮物邁向高年級，並且讓這群小鳥愛上作文，相信日後小鳥們將以更細膩的心去觀察、體驗生活，並樂於與人分享，祝福大家！

鐘月卿2009寫於長庚國小

家長序

創作的幸福──一位資深媽媽的感言

從小我就有很多志願，想當老師；想當海洋科學家；甚至於想寫一本書。很可惜我做了別的事，這些心願並沒有完成，但在我小兒子三年級時，班上出了書《飛翔吧，作文鳥！》我感覺到自己的願望以另一種方式實現了。現在令人更高興的是，四年二班的作品又要出刊了，他們好像增產報國的媽嗎，不斷的創造新生命，常常為書本唱生日快樂。

當媽媽的快樂是有活潑可愛的孩子；當作者的快樂是完成一篇篇生活的點滴；當讀者的快樂是在字裡行間悠遊，在四年二班的文章中，我有三合一的喜悅，透過我們的孩子，自己寫不出的文章，都真實的呈現在眼前，好像也與有榮焉。

最要感謝的是帶頭的牧羊人──彩鸞大鳥老師，在長庚國小這個有創意的的環境中，帶領這群小羊登上高峰，見到我們以前看不到的風景，踏上新境地，她也像魔術師，竟然把我們學期結束後可能丟垃圾筒的作業，白紙黑字變成一本書，生女兒的媽媽說，未來這本書是女兒的嫁妝，要珍惜保存！

這本書保有童年歲月，現在它帶給我們驚喜，將來更會變

身為時光機，帶我們回到甜蜜的小時候．人生不留白，四年二班留下了《飛翔吧，作文鳥！》、《愛上作文》、《四年二班風神榜》等一本本的書，被書環繞的幸福，他們最清楚了，也許咬文嚼字的苦楚像生產陣痛，完成作品的一剎那，就好像我們的寶貝誕生，值得所有的辛苦！

　　諾貝爾文學獎獎章上的銘文紀錄著：「創作提升了生命，生命因藝術而美化。」──引自〈依力亞德〉第六首歌，第六十六句。希望每個人都愛上文字，愛上作文，享受創作的樂趣。沉浸在永遠的幸福當中。

　　　　　　　　　　（本文作者為小作家吳佑翔媽媽──羅慧齡）

自序

我是最幸福的老師

經過二年的努力，我們的「閱讀與寫作」課程成績輝煌，身為導師的我真是與有榮焉！每天周旋在書海、文字與學生當中，快樂得不知老之將至！小鳥們的純真及回饋，讓我覺得自己真是最幸福的老師了！

孟子說：「得天下英才而教育之，一樂也！」我的小鳥們個個都是英才，有的會畫圖、有的會唱歌、有的會跳舞、有的會說笑、有的會打球、有的會耍寶……我慶幸擁有這麼棒、這麼優質的學生，而家長的支持與鼓勵及投入，更是我們努力往前衝的動力。很多家長都說：「這一班真奇怪，說一個影子就生一個孩子！」我們總是把不可能的事化為可能——請有名的兒童文學作家方素珍女士到學校演講、到世貿參與國際書展演出相聲、登上國語日報、出版《飛翔吧，作文鳥！》班書、登上聯合報、班書販賣得到二千多元版稅、到宜蘭洗溫泉SPA、到雲林旅遊夜宿海晏民宿、品嚐古坑咖啡……說真的，這一切的活動如果沒有家長的支持、鼓勵與投入，實在難以達成，所以我說我是世界上最幸福、最幸運的老師了！

　　「閱讀增廣知識，閱讀豐富人生。」一個小小的嗜好和持之以恆的努力，為我們帶來無限的樂趣。看到、聽到小鳥們得獎的消息和獎品、獎狀，真是雀躍萬分。而恰好參加龜山鄉公所舉辦之「閱讀心得」寫作比賽榮獲全鄉第二名，為學校爭取到二萬元圖書經費，更是難能可貴，也是我們最大的榮耀！另外每個月桃園縣政府教育處所舉辦的小桃子樂園徵文、徵畫比賽；學校的徵文、徵畫活動；語文競賽活動，常有得獎好消息傳來，這樣的成績真是可遇不可求世上少有啊！而我遇上了，真的，真的，我是世界上最幸福、最幸運的老師了！

　　光陰似箭，歲月如梭，轉眼春暖花開的季節又到了！在這暖暖的春日裡，看著可愛的小鳥們在教室走動、在操場奔馳，想想再過四個月，他們就要升上五年級，展開更高一個階段的學習，一方面很高興，一方面也很難過。這五、六百個日子的相處，我們相知、相惜，譜下一段美麗難忘的親師生情誼，我將一輩子永難忘懷。

　　三年級出版《飛翔吧，作文鳥！》班書時，我們便打定主意要再出一到二本班書，而且是要得獎作品集，沒想到皇天不負苦心人，我們終於可以再出一本班書了，而且真的是得獎作品集。與小鳥們討論的結果，書名仍然叫《飛翔吧，作文鳥！》但是為了辨別起見成為《飛翔吧，作文鳥！第二集——長庚國小四年二班得獎作品》美夢成真！快樂似神仙！

　　這本書可以作為兒童寫作的指南，對於想對寫作有更深研究探討的小朋友可說是一本很好、很實用的參考書，希望透過

這本書的出版，喚起大家對「閱讀與寫作」的興趣和樂趣。更希望能給大家帶來一個美好信息，那就是：「只要努力，持之以恆，有一天，美夢就能成真！」

《所羅門的指環》這本書上如此寫著：「絕大多數的人都是只顧貪著遠方還沒到手的好處，而把眼面前的許多機會白白放過了。偶爾有個人不這樣：闖進生命的果園能夠當機立斷，選中了合適的瓜就執著到底，再不後悔，他的成就往往也非同小可。我們今天所分享的許多科學、文學的果實，幾乎大半都是這樣的人帶出來的。」我不敢說教小鳥們「閱讀與寫作」是多麼了不起的一件事，但是我敢說我的小小作家能有這樣的成績，是很了不起的一件事！真的，只要努力，持之以恆，有一天，美夢就能成真！

大鳥 2009.03.04 於新興鳥園

附記

七月四、日五日我們到平林農場渡過一個美好的假期，大家膩在一起的感覺好溫馨！好溫暖！我想大家就是要那種一起生活在一起的感覺吧！

放假回來，我們到學校畫插畫，又得知玟好、倢好、昱睿、皓哲得獎真是好高興，他們得獎也為這本書增添很多光彩。經過不斷的催稿、努力，今天終於可以把稿件寄送給世玲

小姐了，好高興！希望這樣的努力能給小鳥們帶來不同的意義和啟示！

　　這本書能如期完稿、出版要感謝的人實在太多，首先是四年二班所有的小鳥作家們，你們努力認真的寫文章、投稿，讓我們這一本書成為一部很實用的作文指導參考書，功不可沒。其次是所有的家長，你們努力督促孩童寫文章並如期交來；再來就是頂熱心的家長，像以欣媽媽、以平媽媽、佑佑媽媽、俊賢爸媽、孫齊爸媽、涵榕爸媽、倢齡爸媽、倢妤媽媽、芸柔爸媽、子昂媽媽、沅程媽媽……還有其他有樂捐班費的所有家長和小鳥們，您們的愛心讓我們的夢想能成真。因為有大家的加油打氣，我才能把這本得獎書籍整理出來。

　　當然也要感謝鐘校長的支持與鼓勵，還有小鳥們的加油打氣！

　　秀威資訊科技股份有限公司的世玲小姐和泰宏先生也一併謝謝喔！

2009.07.13 大鳥於新興街燕語呢喃時

contents

第一篇　小文豪愛作秀

第二篇　三年二班時

第三篇　愛上作文

第四篇　閱讀心得

榮譽榜

圖1~9 桃園縣兒童網站：小桃子徵文得獎及其他

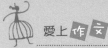

圖10~11 桃園縣兒童網站：小桃子徵文得獎及其他

圖12~18 龜山鄉公所閱讀心得徵文及三年級校內徵文徵畫比賽得獎

圖19~22 龜山鄉公所閱讀心得徵文及三年級校內徵文徵畫比賽得獎
圖23~27 四年級校內徵文徵畫比賽得獎

圖28~36 四年級校內徵文徵畫比賽得獎

圖37~41 四年級校內徵文徵畫比賽得獎

圖42~45 中華青少年寫作協會：第一期網路徵文比賽得獎

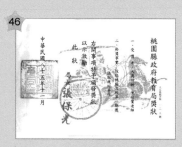

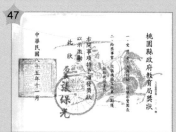

圖46~53 大鳥創作得獎

圖54 周倢妤榮獲97年龜山鄉閱讀心得比賽第二名為校爭光！
圖55 呂以平榮獲97年龜山鄉閱讀心得比賽佳作為校爭光！
圖56 莊涵榕榮獲97年龜山鄉閱讀心得比賽佳作為校爭光！

圖57~58 校長率領小朋友領獎！大鳥老師與有榮焉！
圖59 思賢文章上報了！
圖60 得獎實在真高興！

圖61~62 得獎實在真高興!
圖63 得獎後與校長合影

圖64 得獎後與校長合影
圖65 動力機器人得獎與校長合照
圖66 期末得獎大合照

圖67 三年級時〈寒流〉小桃子網路徵文得獎
圖68 恭喜昱睿、俊賢、以欣得獎！

圖69 恭喜佑翔、昱睿、東翰、思賢、孫齊、芸柔、珈妤、倢妤得獎！

圖70 請大家分享我們的喜悅！

圖71 恭喜孫齊、昱睿、佑翔得獎！
圖72 恭喜俊賢榮獲動力機器人比賽第二名！

圖73~74 恭喜俊賢、柏政、莞庭、昱睿、東翰、思賢得獎！

圖75~76 恭喜尉豪、鄭宇、以欣、以平、珈妤、涵榕得獎！

圖77~78 恭喜倢妤、以平、涵榕、以欣、昱睿、東翰、倢妤、玟妤、姿蓉得獎！

圖79~80 恭喜珈妤、子昂、佑翔、以平得獎！

圖81~82 我們是午餐和環保小幫手（念欣、博宇、心盈、子昂、品嘉）！

圖83 健康操比賽榮獲優等獎,體育組長東翰代表領獎!2009年6月25日
圖84 三年級時,我們的健康操比賽榮獲特優等獎後合影!2008年6月28日

圖85 縣長足球盃賽得獎第二名，校長頒獎！
圖86 縣長足球盃賽得獎，校長頒獎，孫誠領獎！

圖87 縣長足球盃賽得獎，校長頒獎，尊樂領獎！
圖88 縣長足球盃賽得獎，校長頒獎，我們班有五位！

第 一 篇

小文豪愛作秀

張子昂

我的名字叫張子昂，父母多是老師，家中排行老三，有兩位哥哥，家庭充滿溫馨和樂，我非常熱愛我的家人，他們是我最佳後盾。

目前就讀長庚國小四年二班，是一位細心開朗的學生，在班上與同學和睦相處，有許多好朋友。最擅長的科目是國語，對國語的興趣是來自導師，她是一位作家，帶給我許多學習的樂趣。

未來的志願是擔任老師，因為可以把知識傳授給學生。所以我要更努力不懈，認真讀書，才能實現我的願望。

呂俊賢

姓名：呂俊賢
出生：民國88年3月
興趣：足球、動力機器人、打擊樂器、看書
專長：足球動力機器人

　　我是一位就讀四年級的小學生，成績都非常好，也有很多人喜歡我。我的班級老師就是陳彩鸞老師，我的老師從三年級就幫我們出書，現在已經是四年級下學期了，老師還在幫我們班出書。讓我覺得最特別的書就是《飛翔吧！作文鳥》這本書，因為這本書紀錄我在三年級時的點點滴滴。現在我們老師又要出書了，希望有更多人來買。

張孫齊

　　我姓張名孫齊，出生於民國88年3月，我是桃園人；目前就讀於長庚國民小學四年二班，我的級任老師是陳彩鸞。我的興趣是打電腦、玩線上遊戲；我養了一隻魚叫「小呆」，它最喜歡吃剛死掉的蚊子；我非常喜歡看書，也很喜歡運動（踢足球和打棒球）；我也很愛看電影，尤其是鬼片和戰爭片，連我的線上遊戲也是戰爭的喔。家中上有奶奶、爸爸、媽媽，下有一個弟弟。

蔡思賢

我的小檔案：民國87年9月出生。

我喜歡的東西：疊疊樂、小汽車。

我的興趣：圍棋、橡棋、畫畫、電腦。

我的優點：圍棋很厲害、畫畫得獎、作文得獎。

我的缺點：很容易就生氣、很粗心大意、做事太久會生氣。

我領獎的照片：

陳昱睿

　　我是陳昱睿，生日是西元一九九八年九月，生於臺北長庚醫院，在小學一、二、三、四年級時，當選龜山鄉「模範生」。

　　在家排行老大，有一位妹妹，喜好下棋和踢足球，二年級時，加入足球校隊，至校外首次參賽，獲得「殿軍」。在一、二歲時，體弱多病，小學時加入足球社團，常運動，身體漸入佳境，少有感冒。

　　目前就讀長庚國小四年級，擔任班長，導師陳彩鶯，是一名作家，對本身作文有極大影響。

吳東翰

　　大家好，我是吳東翰，我就讀長庚國小四年二班，是一個愛運動的人，今年十一歲，興趣是運動、看書、下棋、畫圖。

　　而我的專長就是圍棋和足球啦！

　　我最喜歡的運動也是足球，而且我還得過圍棋比賽第一名，雖然是等級最低的那一組，不過我還是很有成就感。

吳佑翔

　　大家好！我是吳佑翔，平常的休閒是吃喝拉撒睡以及騎腳踏車。

　　最愛和同學們在四年二班開心的度過打打鬧鬧的每一天。

　　幽默是我的天性，我愛搞怪搞笑，讓朋友常常笑破肚皮。

　　胃口大是我的本事，我的最高紀錄是十二個鮭魚卵壽司加上兩碗涼麵，

　　加上熱呼呼土瓶蒸，喔～～～～～嚐啦！

　　在此小弟我已經江郎才盡想不出任何辭句了，所以有緣再相見囉，bye bye！

馬傑齡

名字：馬傑齡

生日：民國88年7月

興趣：打電腦、騎腳踏車、爬山

潘芸柔

自我介紹
生日：民國88年3月
星座：牡羊座

　　我的綽號是小雞，也有人叫我潘潘仔、潘雞、潘潘等綽號。我都沒意見，只要不會太難聽就好。

　　我的性格不好也不壞，做我朋友大概就是去我家玩及陪我玩而已，也都是普通普通。成績不好也不壞。得過最好的獎也只有NO.2而已。仍是普通普通。

周倢妤

　　我的名字叫周倢妤，我有一個美滿的家庭，有一個風趣的爸爸，一個善解人意的媽媽和一個天天跟我作對的弟弟，不過雖然弟弟常跟我吵架，但有時他對我還是滿好的。

　　我的興趣是畫圖和看書，因為畫圖讓我感到很自由，可以隨自己的喜好畫自己喜歡的圖。而我喜歡看書是因為書中的內容不但總是充滿想像力，也讓我在書中學到許多知識。

　　我的個性很隨和，有時候與同學相處時還會跟同學開玩笑，但是我有個缺點就是榮譽心強，常常自我要求過高，因此只要有一點小挫折就會發脾氣並覺得很沮喪，我知道這個缺點不太好，因此還需要努力去改進。

簡以欣

大家好！

我姓簡，叫以欣。

我是在西元1999年8月從媽咪的肚子裡跑到世界上。

星座是獅子座。血型是A型。

我的興趣是畫圖、跳街舞、收集郵票……等。

我的專長是畫圖、跳街舞……等。

我最愛的食物是蛋糕、巧克力、棉花糖……等。

我最愛的動物是兔子與貓咪。

我最喜歡的偶像是蔡依琳、S.H.E。

賴姿蓉

　　大家好！我叫賴姿蓉，我是天秤座，我屬虎，在87年10月出生，我最喜歡的水果是蘋果，我最喜歡的蔬菜是花椰菜，而我最怕的昆蟲是小強、蜈蚣，我最愛的動物是熊。

　　這是我和好朋友周倢妤、簡以欣、陳玟妤的照片，這張海報是我們四人合力完成。

郭珈妤

　　我的名字叫郭珈妤，今年10歲，我的生日：87年11月，星座：射手座，就讀長庚國小四年二班，興趣：畫圖、騎腳踏車，喜愛的食物、飲料：柚子、草莓、梨子、餅乾、牛奶；討厭的食物：茄子、芋頭、青椒、辣椒，喜歡的動物：兔子、貓咪、小熊、黃金鼠；害怕的動物：蛇、獅子、鯊魚。

陳玫妤

　　我叫陳玫妤，就讀長庚國小四年二班，我的興趣是畫畫、做卡片、收集貼紙；我最喜歡吃小番茄、蛋捲、蛋糕、巧克力；我最喜歡做的事是逛街買東西，所以在家裡我被稱為購物狂，每次出去買東西我都要被限制，如果我有被媽媽「記功」的話，那就可以買很多東西，可是那種機會很少啦。

2009/5/14 15:32

蘇品嘉

大家好！我是蘇品嘉！

我的專長：跳恰恰、吉魯巴

我的興趣：騎腳踏車

我的血型：B型

生日是八十七年十月生。

我小班老師顏瑜老師，中班老師、大班老師李曉方老師，一、二年級老師鄭涵老師，三、四年級老師陳彩鸞老師，還有我的好友有：涵榕、念欣、茹翊和珈妤，在班上的幹部是衛生股長。

呂以平

　　大家好！我是呂以平，就讀長庚國小一個愛搞笑的班級
——四年二班。

　　我們這班是由「大鳥」老師所帶領的。老師常說因為她是
「大鳥」，所以我們理所當然就是「小鳥」囉！不過我們真的
很像嘰嘰喳喳講個不停的小鳥，每一次上課都講不停。我的專
長是拉小提琴，常常邊拉邊自我陶醉。但是我常在拉慢板時，
因為覺得無聊而想睡；當我在拉快板時，因為太快而跟不上拍
子，所以曾經好想放棄學琴，但媽媽總是鼓勵我說：「做任何
事情都有可能碰到瓶頸，只要堅持到底、永不放棄，總會有成
功的一天。」所以我要繼續努力。

　　我的興趣是閱讀，因為書中自有黃金屋、書中自有顏如
玉，閱讀帶給我很多的知識和樂趣。

莊涵榕

　　我的名字叫莊涵榕，我的生日是88年1月；我是魔羯座，血型是O型；我最喜歡吃零食，尤其是巧克力我的興趣是做各種運動；我的專長是拉小提琴；我目前得過20張獎狀；我最喜歡玩遊戲；我最好的朋友是蘇品嘉、郭珈妤和周念欣；我現在的老師叫陳彩鸞；我有一個12歲的哥哥。

吳品陞

我的名字叫吳品陞，我今年9歲，頭髮有點褐色；眼睛不大也不小；瞳孔是咖啡色的；嘴巴也是不大也不小。

我最喜歡的運動有很多：打籃球、騎腳踏車、玩躲避球，還有其他很多很多好玩的運動，其中我最喜歡的是打樂樂棒球，因為有時候可以打全壘打。我也很喜歡打電腦，還有下棋、畫畫，有時候會和鄰居及同學一起下棋和一起畫畫，很快樂。

我的志願是當個好老師，賺很多很多的錢來養家。當然我也會養我的爸爸媽媽，我還打算買一塊地蓋二棟房子，一棟送給爸爸媽媽住，一棟我和我老婆還有小孩住。

第二篇
三年二班時

大鳥老師的話

　　胡適之先生有一句名言：「要怎麼收穫，先那麼栽！」這句話的意思就是告訴我們如果想要在哪一方面有收成，就要朝著這個方向去努力。想考試得第一名，就要用功讀書；想把足球踢好，就要認真練習踢足球；想把書法寫好，就要認真練習寫毛筆字；想把英語說好，就要每天勤練說英語。想把作文寫好，也是一樣的道理，就是要勤加練習寫作文。

　　大鳥老師在《飛翔吧，作文鳥！》這本書裡就談到文章要寫得好，沒有什麼訣竅，就是要「多讀、多聽、多寫」實施三多運動。很慶幸，經過二年的努力，小鳥們的文章越寫越好，我覺得很高興也很榮幸。孟子說：「得天下英才而教育之，一樂也！」你們就是天下的英才，而我有幸成為大家的導師，就是一件很快樂、很感恩、很幸福的事。

　　新的一年，大鳥老師搬到一間透天的公寓房子。春天來臨，天氣漸漸暖和，一樓的走廊，常有燕子來做巢，嘰嘰喳喳呢喃的燕語，就像小鳥們的笑語，我每每都在睡夢中，聽著燕語醒轉過來，就想起可愛的你們！也想起燕子是一種候鳥，當天氣變冷時，他們就要離開這裡，到另一個溫暖的國度。就像你們要升上五年級一樣。

　　轉眼！我們就要分離了！有幾位同學也會搬離長庚社區，到另一個新的學校和新的環境，在四年級即將屆滿的日子裡，

大鳥老師能做的就是把這兩年來，我們的點點滴滴記錄下來，等待有一天，我老了，我還能「歡顏展書讀」讀我們自己寫的文章。那真是一件多麼美妙的事啊！

三年級時得獎的文章，雖然已經有的收錄在《飛翔吧，作文鳥！》這本書裡，但是因為這本書是「得獎作品集」所以還是把三年級的得獎文章再一次收錄下來，這樣才覺得圓滿，也才更有脈絡可循。

今天是長庚國小創刊校刊截止收件的日子，昨天我問小鳥們有誰要投稿？只有子昂很熱絡的告訴我，他要投〈愛上作文〉這一篇得獎文章；班長（昱睿）告訴我他要投〈寒流〉這一篇得獎文章，其餘的小鳥們好像興趣缺缺，真讓人失望！不過，說真的，如果每個人都想投稿的話，我還真難定奪呢！

原本決定把這本書的書名一樣稱為《飛翔吧，作文鳥！》，但今天一早起床，聽到燕子呢呢喃喃的聲音，又想起昨天子昂興奮的表情，我突然想把這本書另取一個書名，就叫《愛上作文！——長庚國小四年二班得獎作品集》。因為我發現我自己也愛上作文了！

我們也希望透過這本書的出版，讓小鳥們都「愛上作文」！

2009.04.15 大鳥於新興街燕語呢喃時

植物與我

蔡思賢

　　我是一顆小綠豆，我每天努力的喝水，晒太陽吸收養分可是我都長不高，常常被其他同伴欺負，所以我決定要找個好地方住下來。

　　走吧！我才走到馬路上，叭——的一聲，啊——！是車子，我嚇了一跳就趕快跑到稻草堆休息。然後我看到一片葉子，我輕輕坐了上去，正好吹來了一陣強風，葉子飛起來了，我也飛起來了，飛翔在空中的感覺真好。

　　最後，我降落在一片綠綠的豆芽田上，我終於找到我的夢想之國，我就開心的在這裡住了下來。

☆ 我們的努力終於得獎，本文榮獲97年10月桃園縣「小桃子樂園徵文」：中年級組作文參加獎！這一篇文章開啓我們得獎契機！真是可喜可賀！

寒流

陳昱睿

　　寒流來了，天氣冷颼颼，我們都躲在暖烘烘溫暖的被窩裡，不想動彈，可是還是要上學，所以只好很心不甘情不願的從被窩裡爬起來，穿上厚厚的外套，戴上尼龍帽，圍起圍巾，瑟縮著身體走向寒風刺骨的大地。

　　寒流是北方冷空氣大規模像潮水一樣向南部移動的現象，氣象專家定義，冷空氣使溫度降到攝氏十度以下就稱它為「寒流」。寒流會造成寒害，讓動物和植物無法生存而死亡。所以寒流來襲，氣象報告一定會提醒農夫要好好做好防範工作，以免農產品受損，也會提醒要上山賞雪的遊客做好各項防範措施，以免愉快的旅遊發生不愉快敗性而歸。

　　上學途中，每個人都捲曲著身體，穿著厚厚的大衣服，天空的顏色灰濛濛地，好像世界末日快到一樣，感覺陰森森的，冷風呼呼地吹在我臉上，像在冰庫裡被結凍。在草皮上的小草光光禿禿，看起來沒生命力，大人、小孩的牙齒喀擦、喀擦，不停顫抖，大家都縮成一團無精打采。

　　台灣是亞熱帶氣候，不像歐美國家一樣有冰天雪地和龍捲風的現象，但是我們要在寒流來襲之前先準備好手套、帽子、圍巾、暖和的衣物和棉被，這樣才不會感冒生病。尤其是得了高血壓、心臟病等的心血管疾病的老人家要特別注意自己的身體！

　　寒流來襲時有溫暖的衣物可以禦寒是一件很幸福的事，有些貧苦人家沒有保暖的衣物和棉被，寒流對他們來說更困苦了，所以我們要發揮愛心，「有錢出錢，有力出力」，把回收的物資捐給他們，讓他們有更溫暖、幸福的家。

　　寒流來了，不要怕，雪中送炭，盡自己的一份心力，讓社會更加溫暖和可愛。

寒流

林容安

在一個深夜裡，突然外面的樹一直搖搖晃晃，又有一陣陣大風吹了進來，讓我好想叫醒熟睡中的媽媽煮熱滾滾的火鍋，可是正當我在想那鍋熱滾滾的火鍋時，外面的北風呼呼吹，吹得窗戶咯咯作響，也把我的火鍋美夢吹走了。

原來，「寒流來了！」媽媽說：「寒流來氣溫會下降到攝氏十度以下，一定要記得穿好保暖的衣服。」我和姐姐出門上學了，只見路上的行人都穿著大毛衣，戴著帽子和厚厚軟軟的大外套，有人還帶著手套呢！到了學校教室的窗戶和門也都關得緊緊的，因為一打開，冷冰冰的風就會吹在乾乾的臉上，像針刺一樣痛。放學回家路上，我發現樹上都結霜了，一點一點的霜白像聖誕老公公的白鬍子，好像很好玩的樣子。

天氣冷颼颼，媽媽開暖爐給我們取暖；煮火鍋給我們吃，看著熱滾滾的火鍋，冒出一圈圈的熱氣，還有鍋子裡好吃的魚餃、蝦餃、甜不辣……口水就像水龍頭一樣嘩啦嘩啦流不停。我覺得我們好幸福喔，在寒冷的寒流來時都能吃到熱滾滾的火鍋，和爸爸、媽媽、哥哥、姐姐一家人圍在餐桌上的氣氛暖烘烘，實在是非常溫暖、非常幸福。

今天上課時老師說我們生長在好人家的家庭，有愛我們的爸爸、媽媽和溫暖的衣服、棉被、暖爐，寒流來也不用怕，可

是有些小孩和大人真的很可憐，他們沒有厚厚的棉被也沒有暖暖、軟軟的外套，寒流對他們來說就像「雪上加霜」更加可憐了，所以有能力要去幫助那些貧苦的人，也要珍惜自己所擁有的幸福。

　　寒流來和家人在一起吃火鍋很幸福，但是我還是希望寒流趕快走，走了就不要再來，這樣那些可憐的大人、小孩才會像我們一樣有幸福。

寒流

陳玟妤

　　「寒流來了、寒流來了！」天氣冷颼颼。腳踏在地板上，就好像踩在冰上一樣，冷冰冰！窩在棉被裏，腳丫子還是冰冰的，冰的我都睡不著。我就和睡在我旁邊的媽媽說我的腳太冰睡不著。媽媽就讓我的冰腳丫枕在她暖烘烘的腳上，好溫暖、好舒服、好幸福喔！

　　寒流來最難過的是早上要起床上學了，真的很不想離開暖烘烘的被窩，因為房子變得像大冰箱一樣，又冰又冷，像在寒冷的北極圈。

　　寒流來會讓我的嘴唇裂開流血，好痛喔！雖然媽媽有買護唇膏給我用，但我好討厭那種黏答答的感覺。還有我的鼻涕會像開水龍頭一樣，嘩啦嘩啦，一直流不停，有時甚至流血呢！好嚇人喔！媽媽說寒流來了，妳有暖烘烘的棉被可以窩在裡面，可是世界上還有很多貧窮困苦的小孩，沒有厚厚的外套、軟綿綿的衣服可以穿呢！所以我們要珍惜自己所有呀！

　　不過寒流來也不全是壞事喔，因為阿嬤喜歡在冷天煮火鍋，我最喜歡吃竹輪、魚餃和餛飩，熱滾滾的湯喝下肚，一下子就變得好暖和臉也紅通通，阿嬤說好漂亮！還有也可以戴我最喜歡的美樂蒂帽子和圍巾出門。

　　我不喜歡寒流，冷颼颼的感覺很不舒服，而且會讓沒有厚厚衣服可穿的小孩更可憐，我希望寒流趕快離開，溫暖可愛像聖誕老公公的太陽趕快來！

☆〈寒流〉三篇文章得到桃園縣「小桃子徵文」96年12月份作文佳作獎！此三篇文章經過二次教學及修訂最後投稿得獎。

勇者的畫像

吳佑翔

　　我心目中的勇者是露芭‧崔森斯卡，她在貝爾森集中營救了五十四個孩子，他的勇敢事蹟這件勇敢的事情讓我感到很佩服。

　　一九四四年十二月一個寒冷的冬夜，露芭在集中營後方發現了一群受凍挨餓的孩子，他們原本是要在森林中槍殺掉，他們很幸運的沒被殺掉，因為一個司機說這樣太殘忍了，所以沒把他們殺掉，只是把他們丟在一片空地自生自滅。露芭發現了小孩，就把他們藏在集中營裡，這是一件非常危險的舉動，只要一被士兵發現就會沒命。

　　露芭她收留那些孩子後，就到處跟別人要食物，只為了讓他們好好的活下去，這些孩子也懂得報答，他們在露芭生日時送她一條紅絲巾，這是孩子省下一部份的食物換來的，因為露芭像他們的媽媽般的照顧他們。

　　過了五個月後他們被英國士兵解救了，最後這些孩子一起回到了他們的國家荷蘭。自從那次離開之後他們就沒有再聯絡了。五十年後最大的孩子傑克跟露芭取得了連繫，他們在阿姆斯特丹重聚。

　　「如果你是露芭，會不會冒險去救那些小孩呢？」我想每個人都不知道自己會不會像露芭一樣勇敢，聖經上有說：「上帝賜給我們，不是膽怯的心，乃是剛強、仁愛、謹守的心。」我們都有可能像露芭一樣勇敢。

☆ 本文榮獲 97年3月「小桃子網路徵文」佳作獎

勇者的畫像

莊涵榕

　　我心目中的勇者是德國音樂家貝多芬。

　　貝多芬出身在一七七〇年德國萊茵河畔波昂市的一個清寒家庭中。父親及祖父都曾是宮廷中的樂師，父親約翰是一位才華平庸又愛酗酒的男高音手，母親瑪麗亞則是一位賢淑的女性。貝多芬從小極受在宮廷中擔任指揮的祖父寵愛，可惜好景不長，貝多芬三歲時祖父就與世長辭了。

　　貝多芬的音樂天份在三歲時被祖父發現，但這位仁慈有才華的祖父卻沒機會指導他。貝多芬八歲時舉行演奏會，十歲左右即成為宮廷樂師。他三十歲那年發表了第一首交響曲，這時的他已經有暫時性的耳聾了。雖然耳朵聽不見了，但是他仍然繼續作曲。四十五歲以後，他改用心耳作曲，貝多芬的耳疾越來越惡化，到了四十八歲左右就已經完全聽不到聲音了，日常的會話均用筆談。可是他依然不放棄，仍然繼續努力作曲，他一生中總共創作了九首交響曲，及其他許多膾炙人口、動人心弦的偉大作品。

　　貝多芬是第一個獲得自由的藝術家，他曾說：「要盡量做個正直的人，讓愛自由尤其高於一切，即使面對一位君主，也絕不出賣真理！」也就是有了這種自由，貝多芬的作品才能脫離實用的曲式，而憑著內心深處湧現的靈感自由創作，所以每

一首作品都有著獨特的個性，洋溢著撼動人心的熱與力。他作品中蘊藏的熱與力是無法用筆墨寫的，只有不斷的聆聽，才能領悟貝多芬「向命運挑戰，永不妥協！」的啟示。

　　我覺得貝多芬是個勇者，因為他雖然耳聾，但是仍然繼續作曲，真是不容易，耳聾的人聽不到聲音，如何能作曲呢？真不知貝多芬是怎麼克服這個困難的？或許就像他說的：「向命運挑戰，永不妥協！」的精神，讓他克服一切困難，創作出一首接一首不同凡響的交響曲，也讓他自己成為一位偉大的音樂家。

　　如果我是一個耳聾的人，我根本就沒辦法創作，更別說是作曲了，我可能脾氣會很不好，而且自暴自棄。我很想對貝多芬說：「我很喜歡你創作的所有作品，而且我覺得你是一個非常勇敢的勇者！」。

☆本文榮獲97年1月「小桃子網路徵文」中年級組佳作獎！

勇者的畫像

呂俊賢

我最喜歡的勇者是關公，因為他忠義的精神讓我敬佩萬分。

關公是三國演義裡的人物，他本來的名字叫關羽，字雲長。因為家鄉有一個惡霸仗勢欺人，關公一怒之下殺了惡霸，逃到外鄉避難五、六年。東漢末年，逃到涿郡，與張飛一起投奔劉備，三人一見如故，發誓同生死共犯難。就在張飛家桃花園賞花並結拜為異性兄弟，劉備做了大哥、關羽第二、張飛第三，這就是三國演義裡有名的「桃園三結義」的故事。

建安五年（公元二〇〇年），劉備被曹操打敗了，關羽也被曹軍俘獲，可是曹操很愛關公的才幹一直希望關公能成為自己的心腹為自己效勞，所以雖然被擄，卻很受曹操的器重和垂青，賜他偏將軍，封漢壽亭侯。

關羽在曹營雖然可以享受榮華富貴，但是他始終不忘與劉備的生死之交，在以功報答了曹操之後，就離開了曹操，又回到劉備身邊。荊州失陷關羽氣得昏倒，發誓要奪回荊州，後來被呂蒙用計瓦解他的軍心，關羽憤恨的說：「我生不能殺呂蒙，死了也要殺了他」。關羽率軍繼續前進，一路與吳軍不斷戰鬥，但是戰況不順，身臨絕境，東吳差諸葛瑾前來勸降，但關羽卻不為所動，說：「若城被攻下，最多一死而已。就算玉碎了也不會改變它潔白的顏色。我雖身死，卻可名垂丹青。先

生不必多說，我要與孫權決一死戰。」最後關羽被潘璋引伏兵截路，將關羽等人用絆馬索絆倒，被馬忠抓了。

孫權愛關羽才德，勸他投降，關羽兩眼圓睜，破口大罵。孫權考慮很久之後，才叫人將關羽父子推出斬首。呂蒙用計陷害關羽之後，便覺心神不寧。一天，孫權要為他慶功，他精神失常自稱關羽，要殺呂蒙報仇，喧鬧一陣之後，便倒地而死。關羽曾憤恨的說：「我生不能殺呂蒙，死了也要殺了他」果然應驗。

關公勇猛無比，他還過五關斬六將。有一次他中了毒箭，神醫華陀說要把骨頭上的毒割掉，他也不怕，真是勇敢。關公也很有人情，懂得知恩圖報，因為曹操幫助過他，他就放了曹操。我喜歡關公，敬佩他忠義又勇敢的精神。

關公生長在三國時代，雖然離我們現在很久遠也相差很遠的距離，但是他沒有忘記與劉備發誓「同生死共犯難」的友情，還有不怕死、不投降的精神，值得我們學習，我們應該學習關公的勇氣和義氣。所以我最喜歡的勇者是關公，他忠義的精神讓我敬佩萬分。

生病記

馬傑齡

十一月二十一日　星期三　天氣晴

　　早上，我醒來的時候，覺得頭很熱，我跟媽媽說，媽媽趕快用耳溫槍量體溫，發現我發燒了，媽媽決定帶我去診所看醫生。

　　到了診所，醫生檢查我各處的部位，檢查完畢，才知道自己的喉嚨得了「扁桃腺發炎」，醫生說：「這個星期都不要去學校上課，記得三餐飯後吃藥。」醫生給了我一袋藥，接著我們就回家了。

　　我覺得生病的滋味很難受，因為身體很痛，不能和同學玩，要乖乖在家養病，所以平時要保護身體，注意健康，才不會生病，也不用請假，才可以天天上學。

本文得到桃園縣小桃子徵文97年6月份作文參加獎！在九十七學年度開學時才頒獎，雖然是遲來的榮耀，我們依然高興萬分！也很恭喜傑齡得獎，印證大鳥老師所說傑齡很有創意思考能力和文字駕役能力！希望傑齡繼續加油努力！

生病記

簡以欣

一想到生病，

我就想起自己生病的經驗，

我得的病之中，

最嚴重的病是腸胃炎。

二○○八年一月三十日出國去中國玩，

因為吃了太多螃蟹，

所以我在第一天就得了腸胃炎。

第二天，

我的早餐沒有吃，

以免我又開始拉肚子。

可是媽媽還是不放心，

因此，

導遊給我一瓶中藥，

結果沒有效，

反而我把中藥吐出來了。

第四天，
我終於脫離了病的痛苦，
我心裡想：
「太棒了！我終於脫離了生病的痛苦，以後，
我一定要好好的保護自己的身體，
不然我又會得腸胃炎了。」

大家應該要好好的保護自己的身體，
以免得到腸胃炎。

園遊會

周倢妤

今天是學校的親子教育日，舉辦表演活動和園遊會，我非常高興，因為可以買自己想要的東西。

我們三年級表演「廟會三重奏」，三年一班吹直笛和唱歌；我們三年二班打擊克難樂器，以家裡的鍋碗瓢盆為道具，再配合大鼓小鼓和銅鈸；三年三班表演舞龍舞獅，一出場鑼鼓喧天、熱鬧滾滾，贏得滿場的喝彩。我和林容安打小鼓，呂以平打大鼓，呂俊賢負責打銅鈸。其他的同學就把家裡的鍋子、餅乾盒、水嫖、塑膠桶、垃圾筒等能發出聲音的都帶來當道具，儼然像一個陣容龐大的打擊樂團，可能比得上朱忠慶打擊樂團吧。要表演時，我欣喜若狂等不及要上臺表演，這三種類型合起來表演，簡直是相得益彰。

各班節目表演完畢，就開始我們最期待的園遊會。我迫不及待準備逛攤子，於是東奔西走尋找我想要買的東西。只聽見各班攤位此起彼落大聲叫賣的聲音，家長、老師、同學一起展開喉嚨大聲喊叫，真好玩。你聽！我們的大鳥老師還敲鑼打鼓聲嘶聲力竭大聲喊：「來！來！來！新竹特產今天來到長庚國小大賤賣、大賤賣，慢來你就買不到！」家長、同學也跟著一起喊，好不熱鬧喔！

　　我除了買我們班自己攤位的食物之外，還去逛了很多攤位，攤攤有山珍海味的食物，令人垂涎三呎、垂涎欲滴啊！特別值得一提的是其中有一攤賣乾冰的，人氣特別旺盛，可說是人山人海、門庭若市、大排長龍，所以我也跟著湊熱鬧，買了一杯解渴，喝了，真是讓人心曠神怡，好不舒暢。

　　今年的園遊會真好玩，我已經開始數日子，期待下一次園遊會的來臨了。

園遊會

林恬安

　　一進教室，就看到大家忙得不可開交，當然今天就是本校一年一度園遊會的日子，大家已經期盼很久了。

　　同學和家長大家同心協力，有人忙著打扮；有人忙著佈置會場；好像要結婚辦喜事一樣喜氣洋洋快樂極了。有人在喊換我們表演了，趕快喔！接下來，我們當然是迫不及待地往操場跑，準備精彩的節目，當我們上場時，台下的觀眾人山人海，他們掌聲如雷歡迎著我們。我們要表演「廟會三重奏」，我們班負責唱歌，妹妹他們班負責敲鑼打鼓，另外一班是表演舞龍舞獅。廟會三重奏熱熱鬧鬧上場表演，大家都盡心盡力的把節目表演得精彩無比，如雷的掌聲響徹雲霄迴盪在長庚廣大的校園裡。

　　雖然，表演完我就要回家了，但是我學到了許多知識，真是收穫豐富，我真高興，有一個為我們著想的長庚國小。

園遊會

林容安

　　園遊會是我最期待的一天，所以那天一大早我就來到學校了。學校裡已經有很多家長和同學、老師在忙著張羅今天精采的表演節目和園遊會。

　　園遊會也是學校親職教育日，所以我們還要上一節「教學觀摩」讓家長看我們上課，那時我們大家都無心上課，頻頻出狀況，害大鳥老師說他很沒有面子。因為大家都非常期待自己的表演，所以，下課鐘聲一響，大家都興高采烈迫不及待地出去拿自己的樂器和椅子　。

　　我們三年級要表演「廟會三重奏」，姐姐他們班表演吹直笛和唱歌；我們三年二班表演打擊克難樂器，以家裡的鍋碗瓢盆為道具，再配合大鼓小鼓和銅鈸；三年三班表演舞龍舞獅。我和周倢妤負責打小鼓，呂以平打大鼓，呂俊賢打銅鈸，一出場表演就贏得滿堂采

　　到休息區後，我們就坐了一下下，過了不久，就要拿著我們的樂器和椅子一起去排隊了，看了一年級和二年級的演出後，接下來就換我們三年級來表演了，當時，我的心情是緊張的，但是，卻在後來做出了一個非常完美的演出，可惜的是，我在表演完的時候就要回家了。

表演完的心得是，在表演的時候，我雖然感到緊張，但是，在後面卻有完美的演出，讓我十分高興。

☆園遊會當天因為容安和恬安要趕回嘉義，所以表演完就回家了。升上四年級他們必須轉學到嘉義碧潭國小就讀，在這一次共同性大活動裡，大鳥老師希望他們能留下記錄和美好回憶！

第 三 篇

愛上作文

大鳥老師的話

轉眼二年的時光就過去了，放暑假了！大家還念念不忘在一起的日子和那種在一起打打鬧鬧歡笑的感覺。七月四日我們在平林農場體驗農村生活，享受洗愛玉、編竹編、烤肉、放天燈、夜遊、共處一室的甜蜜感覺。七月五日我們到基隆海邊健行旅遊，走過「三貂角」、「碧砂漁港」，並享用豐盛美味的海鮮午餐。當餐廳老闆說怕小朋友不敢生吃沙西米時，大家一陣喧嘩齊聲說：「敢！敢！敢！」上菜時果然三兩下就把生魚沙西米吃光光，真佩服大家！如果在教室吃午餐有這樣的光景，不曉得有多好。

中午過後我們走訪「基隆中正公園」，在兒童遊樂園盡情奔放玩耍；接著到「海門天險」看到防空壕、砲彈，大家在防空壕裡追趕跑跳大聲喊叫，釋放熱情和壓力。黃昏時我們來到「奇蹟餐廳」享用晚餐，餐廳的富麗和氣派，讓大家嚇了一大跳。回到長庚我們相約七月八日上午到教室畫插畫。

七月八日一早來到教室，打開電腦迫不及待上網開信箱，一個好消息等在那裏。我們五月份投稿的〈第一次〉文章，總計有四篇得獎——陳玟好得到中年級組佳作；陳昱睿、周倢好、許皓哲得到入選。這個好消息真讓人興奮，我打電話通報皓哲媽媽，她也覺得很榮耀、與有榮焉和高興。而我則更高興，在我們的書裡又多了四篇得獎好文章真是太厲害了！我覺得自己好幸福！好有福氣！碰到這麼好的學生和家長。

　　這一篇〈愛上作文〉文章，大部分都是在「小桃子網路」徵文得獎或是學校藝文徵選得獎作品；少部分是未得獎但是評審老師推薦優良作品；還有一小部分是大鳥老師覺得很好、很用心寫的文章。這些文章都很值得大家觀摩學習，這些小作家在小學階段就能有這樣的作品問世，很不容易，我當指導老師感到很安慰，也希望你們能繼續努力寫下去。到了五年級雖然大鳥老師無法再繼續擔任你們的導師，但是關心你們寫作的心永遠不變。

　　大鳥老師還是老話一句：「要寫好作文沒有其他訣竅，就是要多讀、多聽、多看、多寫；多去體驗生活、多去旅遊、多去學習新知，充實生活經驗。運用老師教導寫作的技巧用心把自己所學、所看、所想、所經驗寫出來，就是一篇能感動人的文章。」記得只要肯努力，一步一腳印，堅持到底，一定會成功！作文並不難，一點都不難，甚至於還會愛上他，就像子昂說的：「我愛上作文了！」我也愛上作文了！

2009.07.08 於長庚國小教室

我的煩惱

蔡思賢

　　煩惱就像微生物一樣，一個變二個，二個變四個……。我的煩惱也是一個接一個，不斷來打擾我，煩惱我的體重太重、煩惱我跑不動、煩惱我功課不好……煩惱就像微生物一樣，一個變二個，二個變四個，讓我很煩惱。後來我就開始找要怎麼打敗煩腦的方法。

　　我去問鬼靈精怪的妹妹她是怎麼打敗煩惱，結果她的方法是吃零食。我去問爸爸他怎樣讓煩惱消失，爸爸說只要看電視，煩惱就會煙消雲散。我再去問媽媽打敗煩腦有什麼訣竅？媽媽說只要放輕鬆什麼都不要想，就是打敗煩腦的訣竅。

　　我把這些方法寫下來，準備應用這些好方法來打擊我不斷出現的煩惱。

　　我每一種方法都嚐試看看，結果都沒用而且還更慘。我用妹妹的方法猛吃零食，結果拉肚子，肚子痛到倒在地上打滾。我用爸爸的方法，猛看電視，結果眼冒金星、上課打瞌睡，被老師罵到臭頭。我用媽媽的方法放輕鬆什麼都不想，結果睡著了，功課沒寫，被老師罰更多功課，真是得不償失，煩惱更多，我真不知道怎麼辦才好。

　　最後，我去問爺爺他有什麼消除煩惱的好方法，爺爺說消除：「煩惱要用自己合適的方法，先找出煩惱的事情，再對症

下藥治療煩惱。」爺爺說我的煩惱是煩惱我的體重太重、煩惱我跑不動、煩惱我功課不好，這樣的煩惱太好治療了，只要多運動、飲食少鹽少糖少量、上課認真聽講用功讀書，就能把煩惱治療好，但是還要有恆心，要堅持下去，才能把煩惱一舉打敗！

　　謝謝爺爺高明的指點，我現在已經按照爺爺的方法，每天運動三十分；吃飯菜不挑食、定時定量而且少鹽少糖；上課認真聽講用功讀書，我相信只要我持之以恆，以後我就沒有煩惱了。

☆本篇文章榮獲97年10月份「小桃子網路徵文」中年級組優等獎後，又投稿《人間福報》榮獲刊登。

我的煩惱

周倢妤

　　我的煩惱有好多。煩惱跑步慢、煩惱算數學的速度不快……但令我最煩惱的是健忘症，常常忘東忘西的忘了帶東西。

　　每當老師說：「交作業。」我的耳朵就像被針刺一樣，不敢聽，因為我的作業又沒帶來，等一下一定又會被老師處罰，啊！為什麼我這麼健忘呢？好煩惱喔！有什麼辦法改進我的煩惱呢？還有好幾次，老師叫我要繳交打字的作文電子檔以便投稿，而我老是忘記。或者媽媽叫我要在一定的時間內完成畫圖去參賽，結果我也因為忘了而沒有如期完成，因此失去了好多參加比賽及得獎的機會，真是懊惱不已。有什麼辦法改進我的煩惱呢？

　　上美勞課時，老師叫大家拿出彩色筆、剪刀時，別人都拿出自己的用品，開始剪剪貼貼。而我呢，只是坐在那兒，什麼事也沒辦法做，因為我又忘了帶美勞材料和用品了，只覺得好無趣，也覺得很對不起老師，老師已經原諒我好多次、好多次了。看著大家做出美麗的作品得到老師和同學的稱讚，我的心在滴血、在吶喊：「小倢！妳不應該是這樣的孩子和學生！妳難道要這樣一直混下去嗎？」。「不！不！我不要變成這樣的孩子，我是好孩子」。我一定要把我的健忘症改正過來。

　　這一天，老師為我們講到他治療健忘症的好辦法，老師說他年紀越來越大、越來越老，最近罹患了一種叫「健忘症」的老人病，常常像我一樣忘東忘西，錯失很多好機會，所以他自己要求自己，每天帶一本記事本在包包裡，把要做的事統統記載在記事本裡，回家後、出門前檢查一下自己的記事本，終於戰勝「健忘症」。聽完老師的故事我告訴自己我也要像老師一樣，把重要的事記載在聯絡簿上，回家後、出門前檢查一下聯絡簿還有書包，把要帶的功課和用品都帶齊。

　　第二天，我按照課表帶了國語課本、自然課本、自然課要用的放大鏡，還有今天完成的功課，我終於沒有忘了帶任何一樣東西。老師還因此稱讚我呢！我覺得好快樂，其實檢查書包這件事很簡單，為什麼以前我沒有想到呢？

　　從此，我開始會將重要的事情記在聯絡簿上，另外，還養成每天檢查書包的習慣，而且早上出門前還會再檢查一次。到學校上學，也不必煩惱會不會被老師罵了，這種感覺真好。你有我這種煩惱嗎？只要養成每天檢查書包的習慣，你就不會得健忘症也不會有煩惱呢！

☆ 本篇文章榮獲97年10月份「小桃子網路徵文」中年級組評審老師推薦優良作品。

我的煩惱

簡以欣

　　我們家每個人都有煩惱，媽媽的煩惱是股市下跌，投資的金錢血本無歸；爸爸的煩惱是下班後還要幫媽媽上網搜尋投資資訊；哥哥的煩惱是功課太多寫不完。而我的煩惱有二個，一個是煩惱1號，一個是煩惱2號。

　　煩惱1號是長大後，我想當什麼？醫生還是老師？空中小姐還是漫畫家？我去過美國二年，喜歡搭飛機遨翔在空中的感覺，所以想當空中小姐，常常可以搭飛機旅遊，遨翔在空中。但是老師又說我的作文和童詩寫得很好，所以我又想當老師，教大家寫作文和童詩。可是，媽媽又突然說我畫得很好，說我如果當個漫畫家一定很棒，說不定還可以像漫畫家劉興欽一樣出名呢！我爸爸是一位醫生，他說我很聰明，將來長大可以傳他的衣缽當一名名醫。唉！算了，我長大之後到底要當什麼？要做什麼真是煩惱！我是不是太「庸人自擾」了呢！不想再想這件事了！否則煩惱不完。

　　我的煩惱2號是為什麼大家都在破壞地球呢？進入二十一世紀之後，全球生態系統最大的問題莫過於環境急劇惡化，其中又以全球暖化所引起的氣候異常最嚴重，帶來風災、水害不斷，土地沙漠化等問題，嚴重影響我們的生活品質。

　　全球暖化指的是在一段時間中，地球的大氣和海洋溫度上升的現象，主要是指人為因素造成的溫度上升，原因很可能是由於我們使用冷氣過渡、開車過渡等等不當的行為……造成溫室氣体排放過多造成的。還有只要颱風一來我們的家園就出現淹水、土石流等現象，讓我們無法安居樂業，我們竟然破壞地球到這種地步，真的是太可怕了！這是我的2號煩惱，什麼時候我的2號煩惱會離開我呢？我真希望大家要好好愛護大地愛護地球，讓我們生活在一個美麗的寶島上，無憂無慮快樂過生活。

　　大家或許會說我真是「庸人自擾」得太厲害太嚴重了，但這真的是我的煩惱！

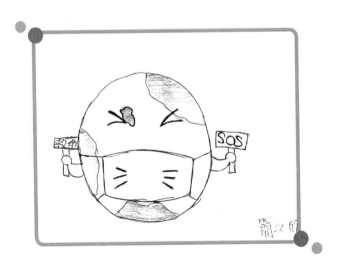

　☆ 本篇文章顯出以欣平常關懷地球關懷別人的愛心！

禮物

吳佑翔

　　我收過各式各樣的禮物，有自動筆、腳踏車、足球、電玩等，多到我數都數不清了。這些禮物有的是爸媽送的；有的是叔叔阿姨送的；有的是好朋友送的，都代表他們對我的一份關愛和關心，我很珍惜大家送我的禮物，把他們保管得很好。

　　這些禮物對我都有一份不同的愛，我也都很喜歡，其中我最喜歡的是一個抱枕。那是我十歲生日時媽媽送給我的禮物，媽媽每次都覺得我很難入睡，於是就決定買一個抱枕送給我，我都叫他「骨頭」，因為他的形狀中間細細瘦瘦的兩端粗粗的，跟骨頭長得很像。他是我的好朋友陪我玩、陪我入睡、陪我度過很多美好的的時光。有時我到了睡覺的時間還睡不著，都是他陪我度過的，我抱著他，他給我暖暖的安全感，然後我就漸漸的入睡了，我入睡了，媽媽也才能安心入眠。

　　我相信每個小孩都很喜歡收到禮物，我也是。有一次，在聖誕夜我許願希望能得到樂高玩具，沒想到早上一起床，真的出現樂高玩具，從此以後我就一直深信世上有聖誕老公公。聖誕老公公會在聖誕節的時候把禮物偷偷放在你的襪子裡，讓你很開心、很快樂。直到現在我才知道聖誕老公公送給我們的禮物其實是爸爸、媽媽辛苦賺錢買回來的，我真想跟爸爸、媽媽說一聲遲來的謝謝您。

　　有形的禮物總是要花錢，但無形的禮物卻更有價值。小孩子可以送一些無形的禮物給爸爸媽媽和好朋友，像當個乖巧的小孩，幫剛下班的爸爸或媽媽做一些自己能力範圍之內的事，譬如幫忙做一些家事；還可以幫爸爸媽媽按摩，讓他們好好的放鬆一下，這就是貼心的禮物。如果你有開心的話題也可以說給朋友聽與朋友分享，讓朋友哈哈大笑，那就是最好的快樂禮物。如果你有巧手，畫一幅圖，做一個勞作也是很有意義的禮物，都可以讓收到這份禮物的人感到你的用心和愛心。

　　禮物帶給人們快樂，回想起特別的時光，也創造了平凡生活中難忘的時刻。收到禮物很快樂，送禮物也很快樂。

☆本篇文章榮獲97年10月份「小桃子網路徵文」中年級組評審老師推薦
　優良作品。

禮物

蘇品嘉

今年村校聯合運動會，我們大隊接力得到第一名，老師說要履行去年的諾言送我們一個大禮物，請全班吃牛排，在操場上我們就歡呼起來，圍著大鳥老師團團轉，一直問：「什麼時候請我們吃牛排？」每位同學臉上都掛著美麗的笑容，燦爛得如同早上剛昇起的太陽，真是太興奮了。

去年在村校聯合運動會的時候，我們班成績很不理想，大隊接力最後一名，連最拿手的趣味競賽也名落孫山，沒有排到名次，最後只有拿到一個「最佳活力獎」我們都知道那是學校給我們的安慰獎。老師看我們神情沮喪、心灰意冷，便精神喊話告訴大家：「勝敗乃兵家常事，運動員最重要要養成勝不驕，敗不餒的運動精神。」又說：「大家已經盡力了，雖然沒得名，老師還是很高興。」我們還是覺得很嘔！每個人都悶悶不樂笑不出來，因為本來可以得名次的，卻因為很多同學漫不經心，終於失敗，而且敗很慘。老師看我們這樣下去好像不行，又再一次精神鼓勵：「君子復仇，三年不晚，何況明年我們就可以『雪恥復仇』，明年就看大家吧！老師相信明年你們一定能得獎，得獎老師送大禮物請吃牛排！」老師這句話一說，果然有效，大家終於眉開眼笑，摩拳擦掌準備明年一搏勝負，把今天的恥辱統統雪恥過來。

　　好不容易等到我們升上四年級，又好不容易等到學校辦理村校聯合運動會，我們準備好好拼一拼，讓這個我們等了一年的牛排禮物，就在今年能順利從大鳥老師手上拿到，大家只要一想到可以和同學一起在牛排館吃牛排，口水就直流「垂涎三尺」呢！可在平常練習時，大鳥老師一會兒說只要有一項得第一名，就請大家吃牛排；一會兒又說要全部都得第一名，才請大家吃牛排；最後我們一起吵大鳥老師，她被我們這些嘰嘰喳喳的小鳥們吵煩了，她生氣很大聲的說：「好！好！好！只要大隊接力得第一，我就請大家吃牛排！」哇塞！實在太棒了！我們一定全力以赴，不得第一誓不見江東父老。

　　我們全班有二十九位同學，二十位要參加比賽大隊接力，學校規定男生十位女生十位，我們絞盡腦汁，想要得名，去年前面的幾個棒次太弱了，所以一開始我們班就落後，後來雖然急起直追仍然贏不了其他班級。今年我們建議老師更改戰略，把幾個比較不會跑的同學交叉放在中間，把最強的三棒放在最前面及最後面的三棒，這樣一來不怕中間同學輸給別人，就算輸了馬上就有強的棒次搶回來。還有我們也在下課時在教室練習接棒，如何「預跑」、如何「助跑」和如何「接棒」。大鳥老師說她讀書時都跑一千六百公尺接力賽，四個棒次每一棒都要衝刺，每一棒都要跑四百公尺，要有體力也要有耐力。她說：「強將手下無弱兵」她都可以跑一千六百公尺接力賽了，何況我們正是體力充沛、精神旺盛的小四伙子，保證一定不會有問題，不過她說：「我很矛盾呢！一方面希望你們跑贏，一

方面又希望你們不要跑贏，因為你們贏了，我就要破產了！」
哈！哈！老師你不要亂開支票，這一次我們一定把去年失敗的
恥辱雪恥報仇回來。

　　11月15日星期六村校聯合運動會如火如荼在長庚操場進
行，今年天公作美，太陽公公很幫忙，天氣晴朗沒有下雨的煩
惱。我們四年級表演恰恰排舞、健康操、個人短跑競賽，還有
「投糖高手」趣味競賽，可惜我們趣味競賽得到最後一名，老
師和同學都很失望。中午在教室吃午餐時，大鳥老師又再一次
精神喊話：「下午就看你們了！記得大家一定要努力衝刺，全
力以赴，不要忘記去年的諾言喔！就讓老師破費一次吧！」大
家歡聲雷動，摩拳擦掌準備下午一搏勝負，把上午和去年的恥
辱統統雪恥過來。

　　大隊接力來了，大家都好緊張，「砰！」槍聲一響，只
見第一棒陳聖哲遙遙領先（我們在第三跑道），第二棒張孫齊
也奮力衝刺但都不敢搶跑道，第三棒馬傑齡一接到棒子馬上切
入第一跑道，真是漂亮啊！大鳥老師緊張到跑來跑去為我們加
油吶喊，最後一棒陳昱睿就快要被四年一班追上了，「加油！
加油！」大家鼓足力氣為陳昱睿加油，領先五秒，四年二班終
於得到四年級大隊接力第一名。「老師要破產了！老師要破產
了！請吃牛排！」一時歡笑聲響徹雲宵，大鳥老師笑得合不攏
嘴，我和以平則猜想老師會不會「笑在嘴裡，苦在心裡」！

　　終於等到吃牛排了，我們這一群嘰嘰喳喳的小鳥把貴族世
家牛排館擠得水洩不通，今天貴族世家大發利市；我們大飽口

福；大鳥老師口袋大失血。當一客客牛排送到我們面前時，我們深呼吸，聞牛排香味，久久捨不得動手，香噴噴的牛排，有大鳥老師滿滿的愛和對同學深深的期許，我們真的很幸運，碰到這麼好的老師，雖然大鳥老師已經很老像我的奶奶一樣老，但是她就像奶奶一樣疼愛我們。

　　我們在貴族世家足足吃了二個小時，除了牛排之外還有各式各樣的小點心和好吃誘人的冰淇淋，我還吃了兩碗冰淇淋呢，同學都說這是今年收到最好最棒的禮物。謝謝大鳥老師總是鼓勵我們不斷向前邁進，克服困難戰勝自己也戰勝別人，我們覺得自己真是世界上最幸運的小學生了，當然我們也不會忘記老師請吃牛排背後的意義和老師對我們的期許。就像大鳥老師所說「一客牛排值多少？選手潛能無價寶。」在老師的心中我們永遠是一群有潛能的小四小伙子！

　　這是我今年收到最棒的禮物，牛排的香味，同學的嘻笑聲，永遠留在心裡，當然還有像奶奶一樣疼愛我們的大鳥老師。

☆ 大鳥老師附註：感謝家長，這一餐是好幾位愛心家長贊助。

☆ 本篇文章榮獲97年10月份「小桃子網路徵文」中年級組評審老師推薦優良作品。本文乃大鳥和品嘉合力完成！

愛上閱讀

呂以平

　　「王子親了一下白雪公主，白雪公主醒來了！」媽媽拿著白雪公主的故事書，在床邊講白雪公主的故事，我聽得如醉如痴，要求媽媽再講一次、再講一次。我就是床邊聽故事長大的小孩。

　　媽媽說不知道為什麼，小時候的我，最討厭看書了。有時候媽媽會在一堆玩具裡，悄悄放一、兩本有趣的童話故事書，希望能引起我的興趣和好奇，但是我每次都會選擇玩具，書總是都被冷冷的放在角落。媽媽說我連正眼也不瞧書一下，讓媽媽好傷心。

　　有一天，媽媽在我們睡覺前講了白雪公主的故事給我們聽，從此之後讓我愛上聽故事，尤其愛在睡覺前聽床邊故事。睡覺前，媽媽都會講一、兩個故事給我們聽。有時候媽媽會讓我們演故事裡的人物玩遊戲；有時候我們在幼稚園裡發生的事，也會被悄悄放到故事中當主角了。也有些時候玩遊戲，媽媽會讓我們玩猜字、編故事、改書名……等，真是好玩又有趣。

　　漸漸地，我越來越期待睡覺前媽媽講故事的時光，每次我們都聽得目瞪口呆，也玩得筋疲力盡才肯睡覺。慢慢地我才發覺故事書裡也有很多好玩又有趣的事。

　　上小學後，有一天，我們姐弟三個坐在床前準備好要聽故事了，媽媽突然躺下來說：「我累了！要聽故事才睡得香

甜。」從此換我們搶著講故事給媽媽聽，所以也養成我每天去圖書館借一、兩本故事書回來閱讀的習慣了。

　　起先媽媽驚喜萬分，以為我們只是好玩讀讀罷了！沒想到我們很認真，每天當功課一樣做。圖畫故事書讀到某一程度之後，媽媽又鼓勵我嘗試自己去閱讀其他文字較多的書，我也聽媽媽的話試著去借更深的書來閱讀。我一回到家就拿出書本開始看，完全沉迷在生動有趣、精彩萬分的情節中，書越借越多，我看越起勁，也越來越喜歡看書了。「書中自有黃金屋」、「書中自有顏如玉」、「書中有很多樂趣」我發現自己喜歡上閱讀了。

　　書是我的精神糧食，我愛上閱讀了。

☆ 本篇文章榮獲98年3月份「小桃子網路徵文」中年級組佳作獎。

愛上恰恰

蘇品嘉

你知道嗎？我們有一位超爆笑的老師，她在學習國際標準舞——恰恰，於是就把我們拿來做實驗，每天第二節下課二十分鐘，除了跳健康操之外，還拉著我們幾位好騙的妞跳恰恰。

剛開始，我恨死老師，不斷對她提出嚴重抗議，說一大推不應該跳恰恰的理由，可她就是不鳥我們（她是大鳥老師），還舉實例說桃園國小五年級的男生，都跳到國際比賽冠軍了，為什麼我們不能跳？在她恩威並用的情況之下，我和小雞（我的舞伴好朋友）就追隨念欣、心盈、倢妤、姿蓉等六人，一起學跳恰恰。

課間活動時間，跳完健康操，我們班還要練一首恰恰舞蹈才可以下課，而我們六個人則完全沒有下課時間，老師不斷地教我們。從最簡單的基本舞步到兩人配成一對一起跳，從一個花步到二個、三個、四個，老師不斷誇獎我們跳得很好，說我們舞姿曼妙、婀娜多姿、傾城傾國，如同西施再世、回頭一笑百媚生，我們被她誇得如醉如癡，更加賣力跳。「噹！噹！噹！」上課鐘聲響起，我們如釋重負，趕緊關掉音樂，大聲嚷嚷：「上課了！上課了！」老師滿意微笑，從她的百寶箱裡摸出六顆金莎巧克力悄悄塞在我們手掌心，算是犒賞我們的辛勞。

　　本來我恨死老師也恨死恰恰，因為每一次跳都會扭到腳。但是有一次老師教我們雙人跳，我就找我的好朋友小雞一起跳，當時覺得很好玩，雙人跳比一個人自己跳好玩多了。之後老師教我和小雞跳更難的花步，中間常常不是跳錯，就是扭到腳，想要放棄不跳了。但是有幾位跳得比我們好的同學鼓勵我們，之後我會了許多高難度的動作，覺得自己好像沒有那麼恨恰恰了。

　　老師告訴我們六月份要帶我們跳得好的六位同學去表演，我們更加認真學習，除了在學校跳之外，我和小雞還相約到社區的活動中心練習跳恰恰，很多伯伯、叔叔、阿姨看我們練跳恰恰，都會豎起大姆指誇獎我們，我和小雞就練得更勤了！每天一下課第一件事就是練跳恰恰，老師不知道我們在偷偷練習，她只覺得我們倆雖然最後才加入練跳行列，但是「後來居上」舞藝比她想像的還厲害，真不簡單！我和小雞則笑到肚子痛。

　　不知不覺我發現自己愛上跳恰恰了，「噹！噹！噹！」下課鐘聲響起，我和小雞迫不急待打開音樂，婆娑起舞！恰恰！我愛上你了！

☆ 本文榮獲學校徵文優等獎！大鳥老師依據品嘉所寫修改而成！

愛上作文

張子昂

　　我第一次練習寫作文是國小二年級在國語日報補習時，當時媽媽說要學作文才能準備考試，我和哥哥就被強迫去學寫作文。

　　一開始寫作時我非常擔心，擔心如果拿二級分的成績，實在很丟臉也很對不起媽媽，所以我很認真聽課，老師說的每一個字、每一個句子我都聽進去。可是班上的同學都是從一年級開始學習，我是二年級才學，比同學慢了一年，老師出題要我們寫作文，同學都埋頭振筆疾書，只有我望著作文簿，癡癡等靈感來敲門，可是靈感就是不來。我都快要哭了，後來老師發現我的困難，他走到我的座位旁拍拍我的肩膀、摸摸我的頭說：「你一定可以寫出好文章，加油喔！」說也奇怪，我的靈感居然排山倒海來了，我趕緊抓住良好時機也學同學振筆疾書，很快我就把一篇文章寫好了！最後老師公佈成績，我得了四級分，我很開心！這是一個好的開始。

　　升上三年級我的導師很會寫文章，常常鼓勵和教導我們寫作，教我們很多寫作技巧，還要我們試著去參加比賽、投稿。班上好幾個同學都得到很好的成績，也都得到獎狀、獎品，為我們班增加很多光榮紀錄。老師不斷鼓勵我們說只要參加就有機會得獎，我們就很認真很努力寫，有一次，我們班居然有三

人同時得獎，而我也是其中一位，我高興得雀躍萬分，恨不得把這個好消息趕緊告訴我的親朋好友，讓他們趕快分享我的喜悅和快樂。

　　感謝媽媽在我小學二年級時就把我送去學習作文，讓我體會到寫作的樂趣，免除對寫作文的恐懼和害怕。升上四年級我的文章愈寫愈順，而且愈寫愈好，常常拿五或六級分，在班上可是名列前茅，連媽媽、老師都稱讚我是「小作家」了！作文其實一點也不難，只要照老師教導我們的方法──多讀、多聽、多寫──作文一定難不倒你，大家可以試一試喔！

　　除了作文，我也喜歡閱讀，漫遊在一篇篇的文字當中，閱讀讓我達到了忘我的境界；閱讀讓我增廣見聞，增進作文寫作能力。作文陪著我走過國小三年的時光，我的煩惱、痛苦、快樂，都藉著作文寫出來，寫好一篇完整的作文，得到老師的讚賞和鼓勵覺得很有成就感，心情輕鬆愉快。欣賞自己寫出來的文章，感受自己文章成長的變化，充滿生動活潑，生活變得多采多姿，不禁想大聲吶喊：「我愛上作文了！」。

☆本文榮獲學校徵文佳作獎！

愛上腳踏車

吳佑翔

大家好！你們近來有沒有愛上什麼呢？偷偷告訴你我最近愛上了騎腳踏車。騎著腳踏車風馳電掣的那種迎風快感令我著迷不已，你一定要試試。

在學騎腳踏車時我一直深怕跌倒、撞傷，因為我剛得到這台腳踏車時心裏想著：「我試騎看看好了，搞不好一騎上去就學會了騎車，應該不難。」沒想到才剛騎上去就隨著傾斜的車身失去平衡，碰的一聲跌倒了，膝蓋擦破皮血流不止，我大叫：「痛死我了！痛死我了！可恨的腳踏車！我再也不騎你了！」我把腳踏車束之高閣，希望永遠不要再看到他。

爸爸、媽媽覺得好不容易買了一部腳踏車，居然又冰封起來，那不是太浪費了嗎？於是說好說歹勸我一定要再試騎一次看看，無奈之下，我只能答應再試一次，但要求爸爸媽媽一定要幫我把關不能再讓我跌倒了，否則我就一輩子不理這部腳踏車了。經過爸爸媽媽細心的特訓，最後我終於克服了騎腳踏車的障礙，順利學會騎腳踏車。

學會了騎腳踏車，社區就變成了我的樂園，每一個角落都留下我和腳踏車共同的足跡，穿梭在樹影微風中是多麼快樂的時光，但只是這樣我還不滿足，於是去請教車技高超的朋友學習一些花招，像是單手騎、放手騎……等等，都是可以增加難

度，提高刺激感的新選擇。和朋友一起追風，像一陣落葉呼嘯
而過，最快意的日子就是如此！

　　我們全家曾經去看過一部叫「練習曲」的電影，內容描寫
一個年輕人騎著單車環島的故事，或許有一天我也能追隨他的
腳步，完成單車環台的任務。從小小的社區到大大的台灣雖是
一條漫長的道路，但只要我愛腳踏車，總有實現夢想的一天，
我們一起上路吧！

Natalie

☆本文榮獲學校徵文佳作獎！

愛上足球

張孫齊

　　上國小一年級的時候，我常常看到很多同學在操場踢足球，大家為了一個球，爭先恐後搶奪，搶到球後狠狠踢出去，踢得好遠好遠，覺得玩足球很好玩，很有趣，於是我就想去踢踢足球。

　　剛開始我和一些好朋友及別班的同學去操場踢足球，因為我是第一次玩足球，所以當球在地上滾來滾去、飛來飛去時我根本不敢去碰，因為我深怕被打到、跌倒或受傷，球往我腳下飛過來的時候，我就會趕緊閃開，當我搶到球時，轉眼一下子就又被搶走了，有時我很懊惱，覺得自己是不是太笨了？怎麼老是踢不好足球？雖然很失望但我沒有因此灰心，我還是每節下課就去踢足球。

　　我相信爸爸說的話：「任何一個人，只要持之以恆，不斷練習，一定可以練成一種功夫。」我每天都在練習踢足球，漸漸地，我終於變得比較強一點了。有一天老師發了學校社團報名表，我義不容辭當然選了我最喜歡的運動——足球社團。

　　我上了足球社團之後，在教練鄭主任的教導之下，開始努力練球，熟練足球技巧及和同伴一起玩足球的規矩。我很認真很努力，成績蒸蒸日上，結果我和一些朋友竟然被遴選進了學

校足球校隊。校隊的訓練比社團更嚴格，我們練習踢足球更勤快更認真了。

　　升上三年級我仍然繼續留在足球校隊裏，足球教練也是我們學校的鄭主任說：「我們的目標是縣長盃足球賽前四名！」雖然我們只拿到了第五名沒有列入名冊，但是我們並不氣餒，互相打氣，相約明年的縣長盃足球賽再來一決勝負。

　　有了一次的比賽經驗，我覺得足球更好玩了，更加努力練習踢足球。現在我已經四年級了，我的球技和與同伴的默契更加進步，比賽時也常常獲勝。今年的縣長盃足球賽我們拿到全縣的亞軍第二名，雖然還是沒有奪魁榮獲冠軍，但能為學校爭取到第二名也算是很光榮，我們還是相當高興。拿到亞軍獎盃時，學校請我們足球隊員去聚餐、慶功，美食當前大家大快朵頤吃得不亦樂乎，餐桌上我大聲的說：「我愛上足球了！」

愛上足球

陳昱睿

　　國小一年級時，媽媽說我天生體弱多病，常常感冒，所以讓我去上學校足球社團。

　　一開始，我不會踢足球，看著大家追著球，跑來跑去，我不敢接近，只能當吊車尾，在後頭跟著跑。有時一不小心就被球撞倒，跌個四腳朝天，丟臉死了！我哭著對媽媽說不想學了！媽媽到學校找足球教練，了解我學習情形，不想教練對媽媽說我是踢足球的料，最好不要放棄學習，只要持之以恆練習，將來一定可以踢出美好成績。

　　教練很認真仔細教我一些踢足球的技巧和注意事項，同學也不再嘲笑我，我開始覺得踢足球也和學習其他功課一樣，只要認真聽講多加練習，就一定能踢出好成績，我漸漸懂得怎樣踢足球，怎樣和同伴一起玩足球。雖然我的球技無法發揮得淋漓盡致，不過還是小有成就，常常比賽獲勝，我慢慢開始喜歡足球。

　　足球社團的課程從一年級一直持續下去，中間從不間斷。到了三年級，皇天不負苦心人，終於進入了學校足球校隊，進行嚴格的訓練。每天清早就要集訓，雖然很辛苦但是我覺得很快樂，因為可以鍛鍊身體又可以把自己的球技練好。為了挑戰縣長盃足球賽，大家都很努力就算很累了也從不發出怨言，一心一意就是想要拿前三名，為學校爭取光榮。

　　時間過得很快，一下子，大家也都升上四年級了，球員的球技越來越精湛，團隊默契越來越好。在三年級挑戰縣長盃足球賽拿了殿軍；四年級主委盃足球賽拿了亞軍，為學校添增很多獎盃，令我們留下美好和難忘的回憶。

　　因為上足球社團，而愛上了足球，也希望下次的比賽，能拿下冠軍，為學校爭光。

愛上足球

呂俊賢

讀國小一年級時，第一次參加足球社團。我第一次接觸足球，在開課當天心情很害怕。

剛開始笨手笨腳，常常出糗，但學了一陣子後，我漸漸學會一些技巧，如：點球、繞球、挑球、頂球……等等。而且我還知道一些射門方法。

我經過持續努力與付出，在成果發表會時，我得到第一名。升上二年級，我還是持續參加足球社，但我在三年級上學期因為右手骨折，所以停了一個學期。

我現在四年級了，但我發現每次足球發表會都得第一名，我猜我是因為練習和團隊精神而贏得的。

我因為我認真的態度被主任看見了，就讓我進入校隊，那天的喜悅我絕對不會忘記。當年我們去外面比賽，比賽的狀況非常激烈，比賽結束後我們得了亞軍，大家高興不已。

我原本不會踢足球，但加強練習，讓我更喜歡足球，所以只要認真學習，就可能愛上它。

愛上足球

吳東翰

　　我在一年級的時候加入足球社。剛進入小學看到大家踢足球很喜歡，覺得如果我也是一位足球社社員一定會很棒。雖然喜歡，但還不敢進入足球社，因為那時覺得如果被打到頭的話一定會很痛，所以完全不敢參加，但媽媽叫我鼓起勇氣參加。

　　開始上足球課時，我都不敢去接球，只有球停下來時我才敢跑去踢，所以我那時候球技非常不好。後來經過鄭主任不斷的不斷鼓勵和獎勵，再加上自己的一番努力，球技越來越進步。

　　時光飛逝，轉眼間我已經變成了足球隊員，我覺得自己實在是太強了，竟然可以從球技非常不好變到非常強。後來我們這一隊還去校外比了很多場賽，而且最高還有得到亞軍呢！

　　老師常說喜歡一件事，努力去做一定能發現樂趣和得到成功。我很努力練習踢足球，球技越來越神乎其技也愈來愈喜歡足球了。

☆ 孫齊、俊賢與昱睿與東翰文章寫出對足球的熱愛！他們常常代表學校
　參加比賽，總是拿很多獎狀和獎品回來，有時還有獎金呢！

話我家鄉

蘇品嘉

　　我住的長庚社區是王永慶先生所創辦的長庚醫護新村，住在社區的住戶大都是在長庚醫院上班的職員或醫生、護士；還有就是長庚技術學院、長庚大學的教職員工。

　　王永慶的父親王長庚先生在生前生病，家裡已經沒錢醫病，所以上吊自殺，王永慶先生很難過，長大賺了錢後創建了「長庚醫院」紀念父親，也讓生病的貧苦人家可以就近就醫，可以早日康復，幫助很多窮苦的人。長庚醫院因為很賺錢慢慢的就有長庚分院、長庚大學和長庚社區。

　　王永慶小時候和弟弟王永在在嘉義米店工作，細心挑出米中沙粒，只給客人最好的品質，無論晴雨或深夜，只要客人叫米，一定隨叫隨到，受到大家的喜愛，事業就越做越大也越賺錢。後來有了台塑加油站，這些事業全部都是王永慶一點一滴努力創建，中間也有困難，石油價錢不停地漲，但是王永慶沒有因此放棄，所以被大家稱為「經營之神」。

　　民國97年10月16日早上9點38分王永慶在美國紐約去世了，王永慶享壽93歲，我們的經營之神就離開了我們。但是他留給我們一個美麗的社區，我們住在這個美麗的社區裡要感念王永慶的精神，也要認真讀書生活，將來做一個像王永慶爺爺一樣對社會有貢獻的人。

☆ 寫這篇文章時適逢王永慶先生過世，特編入以紀念緬懷王永慶先生！

話我家鄉

呂以平

我的家鄉風景好，花花草草滿四周；
樹葉長年綠油油，大鳥小鳥來築窩。
我的家鄉花兒多，顏色鮮豔又亮麗；
蝴蝶忙著採花蜜，蟲鳴鳥叫真歡喜。

我的家鄉鄰居好，見面互相道個早，
有事互相幫忙好，敦親睦鄰不嫌少。
我的家鄉真可愛，學校就在村中央；
鐘聲笑聲常飛揚，學生快樂上學堂。

話我家鄉

莊涵榕

　　我的家鄉（故鄉）原本是在澎湖縣白沙鄉，那你想知道為甚麼叫白沙鄉嗎？因為那裡的沙在陽光下閃閃發亮。

　　而我現在的家鄉是在桃園縣龜山鄉長庚醫護新村裡。我覺得長庚醫護新村很棒，因為裡面不管要做甚麼幾乎都可以做，像是想慢跑就可以跑社區一圈，可是這個社區很大，如果中間沒有停下來的話會非常累；想買東西就可以到社區裡的7-11買，而且還有兩所學校（一所幼稚園和一所國小）我就是讀那一所國小──長庚國小。

　　那裡還有公園喔！叫鱷魚公園，雖然不是很大，但是很受小朋友的歡迎，因為那裡有很多好玩的設施，有鱷魚溜滑梯、單槓、盪鞦韆……等，真的很不錯喔！我覺得我的兩個家鄉都很棒，很方便，地名也很有趣喔！

寵物與我

莊涵榕

我以前曾經養過寵物，那就是可愛又天真而且才二歲的紅耳龜。

因為牠有個大大的硬殼，配上短短的四肢和小小的尾巴，不算小的頭上耳朵旁邊有兩道紅色的斑紋。嚇到的時候，就把四肢和頭躲進殼裡，等到威脅過去的時候，才小心翼翼的伸出頭來，樣子可愛極了。天真就是因為有一次我無聊就拿了牠專用的飼料在牠面前揮來揮去，結果牠就跟著我的手搖頭晃腦，還以為我要餵牠呢！

我每天餵牠飼料，牠都可以很快吃完。但是牠吃完後頭都會從水裡探出來，而且嘴巴還會一直動，好像在說：「再給我一點，拜託！」所以我每次都再給牠多一點飼料。洗澡的時候，是請我爸爸用已經不用的牙刷來刷牠的殼，每次洗澡的時候，牠還會瞇起眼睛，看起來很享受呢。

就這樣時間過得很快，有一天我們全家去爺爺家，以前去爺爺家的時候都會帶牠一起去，但不知道為什麼這次我沒有帶牠同行。數天後我們回家的時候，發現一大群螞蟻在牠身上，才知道牠已經死了。我那時候一面哭一面在心裡跟牠說：「再見了！」後來爸爸就帶我和哥哥把那可愛又天真的紅耳龜，埋進我家旁邊草地的土裡。一直到現在我和哥哥每天放學回家都會去看牠。

我一直覺得對紅耳龜很懷念也覺得很抱歉，要是那時候記得將牠一直帶在身邊，可能牠就不會死了。我覺得人生很殘酷，讓不希望的事都發生了，讓我再也看不到心愛的紅耳龜。雖然爸爸跟我說，我們無法控制動物會活多久，而且就算小紅耳龜沒死，總有一天牠還是會離開我們，我還是經常想到牠，懷念牠陪伴我的日子。

☆本篇文章榮獲98年3月份「小桃子網路徵文」中年級組佳作獎。

寵物與我

郭珈妤

　　我從以前就很想養寵物，每次當我經過寵物店，都會停下腳步往裡頭看，裡面有好幾個小眼睛一直盯著我看，這時我的心好像在說：「我好想養寵物喔」！

　　有一天爸爸帶了一隻孔雀魚回來，我馬上跑了過去，牠有一雙晶亮的大眼睛、小小的身體和七彩的尾巴，我大叫：「好可愛喔！」之後爸爸又買了比較大的魚缸，小魚在魚缸裡自由自在地游來游去，同時也為原本空虛的魚缸增添色彩，看到這一幕我也很開心。

　　說到餵魚時更好有趣，每次放學回家小魚就會用牠晶亮的眼睛一直看著我，好像在說：「我好餓！」當我把飼料灑下去牠就會搶成一團真好笑，我愈餵愈高興就不停的餵，爸爸看了馬上走過來說：「妳不要一直餵魚，魚吃太飽會死掉的。」我這才放下魚飼料，這時我也餓了餓得肚子咕嚕咕嚕叫。

　　有一天回家我發現小魚竟然死了，我好傷心媽媽也一直安慰我，過了一陣子對小魚這件事我覺得小魚去了遙遠的天堂，我雖然再也看不見小魚，不過牠永遠都留在我心中。

☆本文榮獲學校徵文佳作獎！

第一次出國玩

陳玟妤

我讀幼稚園中班的暑假，我們一家人去英國玩，這是我第一次出國。

我第一次搭飛機，抵達機場的時候，我非常的興奮，當媽媽把我們的行李交給別人時，我非常擔心行李會不見了，後來我才知道這是辦登機手續的行李託運。

飛機起飛之後，地面上的房子、車子甚至海都變得愈來愈小，就像我的玩具車子和娃娃屋。不一會兒飛機好像鑽進雲朵裡去了，雲朵看起來就像棉花糖，我好想用手抓抓看，能嚐一口就更棒了。但是飛機飛了好久還是一樣的風景，所以很快就看膩了，無心再欣賞窗外的風景，餐點之後，我居然就呼呼入睡了。

好不容易終於飛到英國了。哇！這地方好乾淨喔！草原好大一片，樹木好翠綠，我還看到許多小松鼠在樹上爬來爬去，他們真是好可愛。接著我們到了投宿的地方——牛津大學宿舍。我本來以為宿舍應該是一個小房間吧，卻想不到我們住的家庭是上下兩層的大房子呢！宿舍裡有花園、草坪、小河和好大一間圖書館，河上有好多隻綠頭鴨游來游去，我常把吃剩的麵包撕成一小塊餵綠頭鴨，也許就是這樣所以綠頭鴨看到我都以為我要餵他們食物，所以我常常被綠頭鴨追著跑。有一天爸

爸的朋友帶我們去划船，這種划船和我在台灣看到的不一樣：「是站著在船上撐船」，真是好玩。

爸爸「撐船」載我們到一座養牛的牧場，可是這座牧場一隻牛都沒有，只有許多的牛糞！我不小心踏到牛大便，真討厭。雖然有點掃興，不過這裡有座美麗的池塘，池塘有大天鵝、小天鵝，小天鵝真是「醜小鴨」啊！

牛津大學事實上算是一個小城鎮，大學有許多馬路、各式商店和歌劇院！真是目不暇給。

我們到倫敦看大笨鐘、大英博物館、白金漢宮和倫敦眼等等，這些景物雖然很新鮮有趣，但是我覺得走路好累喔，幸好可以搭爸爸人力車，趴在爸爸的背上真舒服。英國遊我最喜歡的地方就是樂高樂園，這是我第一次玩雲宵飛車，哇！好刺激，真是太過癮了。

哇！英國真的好好玩喔，有這麼多令人著迷的事物，希望以後也能再出國玩。

☆ 評審老師評語：（本評語由中華青少兒童寫作教育協會網路徵文楊佳
　蓉老師陳淑鳳老師二位評審老師評語）

1. 主旨掌握得很好，內容具實詳細。從「飛機起飛之後」，就引人進入
　一個如畫的世界中，將自己投入自然裡，情景相融，好！

2. 全文佳趣起伏，字裡行間流露一股敏銳的觀察力，使讀者領略英國的
　自然美景，並體會作者愉快的旅遊心情，很棒！

3. 第二段運用譬喻法，修辭生動活潑；可惜後來的記敘和摹寫較為平淡。

4. 划船的事最好合併成一段，這裡的分段有點混亂。

5. 寫「牛津大學」時，內容太少，並未詳細描寫具有特色的商店和歌劇
　院等，十分可惜；以布局的均衡來看，宜多寫一些。

6. 什麼是「小天鵝真是『醜小鴨』啊」？能再多一點解釋更好。妳在
　倫敦看到一些聞名於世的景物，如大笨鐘、倫敦眼等，但未寫出它新
　鮮有趣的地方，對讀者來說，只是「名詞」而已，如能多加強就更好
　了。（參加中華青少年兒童寫作協會舉辦第一期網路徵文榮獲佳作獎
　評審老師評語）

第一次寫作文

陳昱睿

　　從很小媽媽就說我很喜歡寫東寫西寫文章，常常拿起筆來就亂寫一通，寫好之後自己還會洋洋得意朗誦一遍，好似自己是一位大文豪一樣。上了小學之後，寫得更勤更多了。這些文章媽媽都幫我仔細保存起來，現在看看自己由少到多的作品，讓我想起第一次在教室寫作文的情況。

　　二年級時，老師在課堂上，教我們如何寫作？老師說好的作文最少要分成四個段落：起、承、轉、合，當時我很害怕，根本聽不進去老師的話，老師講解之後竟然要我們寫一篇作文，我的心七上八下，不知如何是好，又怕只有我寫不出來，成了大家的笑柄。我握著筆桿抬眼望著教室的天花板，腦中一片零亂，之前愛寫作的細胞突然不見了，我居然寫不出隻字片語，我急得像熱鍋上的螞蟻，豆大的汗珠從額頭不斷流洩出來。

　　就在這時，老師突然出現在我面前，讓我嚇了一大跳，以為老師要處罰我，讓人心驚膽跳！原來老師看大家好像都不會寫，打算重新教我們寫作的技巧和規則，這時才讓我鬆了一口氣，也才放下心來。我認真的聽老師講解作文的技巧。

　　我把自己平常亂寫一通的習慣發揮出來，不再害怕，再運用老師教我們的寫作技巧，按部就班一筆一畫、一步一腳印、

一個段落一個段落，慢慢寫、細細寫。我終於寫好了一篇老師交代的文章，這篇文章得到老師的讚賞和肯定，我更喜歡寫作了。之前我自己喜歡亂寫文章，沒有老師評語也不用打分數，一點壓力都沒有，現在寫文章叫寫作文，有壓力。但是有了這一次的第一次寫作文經驗之後，寫作文對我來說一點也不害怕喔！跟之前小時候寫作一樣，一點壓力都沒有。

　　升上三年級我碰到一位喜歡寫作的老師，這位老師還出過書呢！我們都稱他為作家老師，他不斷鼓勵我們寫作，加強我們寫作技巧訓練和幫我們投稿，我們班很多同學都得到很優良的作文成績，不論是參加校內外投稿或是比賽，我們都有很輝煌的成績。經過二年的努力，我們班投稿比賽得獎的文章，已經可以出一本專輯了！真是厲害！而我也是常常得獎的「常勝軍」！

　　如今，我已經到了四年級下學期，而且快要升上五年級了，真感謝我二年級的老師還有現在的老師，認真細心教導我們寫作文。現在我的作文可以寫得很好，從四級分變五級分，我的目標是六級分，我要再接再勵，不斷努力，達成目標。

　　寫作是一件容易的事，不像大家想像中那麼難，只要有心去做，一定會成功；就算失敗了也不要放棄，所謂「失敗為成功之母」，只要一直做下去，一定會成功。

☆ 入選中華青少年兒童寫作協會舉辦第一期網路徵文。

第一次游泳

周倢妤

　　我有很多的第一次。例如：第一次畫圖、第一次游泳、第一次上課……但其中令我印象最深刻的就是第一次游泳。

　　我從小就非常喜歡玩水。因此，天氣熱時，媽媽就會帶我去國立體育學院的兒童池玩水，但也只是玩玩水而已，並不是游泳。

　　直到有一次我去游泳池時，媽媽說我長大了，要學一些游泳動作及技巧，因此媽媽就先教我自由式。我欣喜若狂，因為每次到這兒玩水，看到那些大人游泳速度很快，而且動作優美，恨不得馬上學會那些動作，現在終於可以學游泳了。

　　第一次游泳時當然會有些害怕、緊張、興奮，因為害怕出差錯而喝到水，結果這個想法果然成真了。我就是因為不小心走到比較深的水池裡，就一緊張而亂游一通，結果就喝到水，嗆得很難受！幸好我隨機應變，趕忙游到較淺的地方，然後爬到岸上喘幾口氣。自從那件事後，我就完全嚇到了，再也不敢下水游泳，就連洗澡，一想到游泳喝到水，我都會毛骨悚然。

　　有一次，學校老師說明天要上游泳課，我的心情馬上三百六十度大改變，從高興快樂轉為悶悶不樂和害怕。回家後，準備完泳具後就坐在椅子上想著游泳課時會發生什麼事，也想著上次我為什麼會嗆水，然後我把想出來的原因紀錄在一張紙上，例如：游泳前要先做暖身運動；游泳時要保持冷靜，千萬不能緊

張；頭要悶入水裡前，要吸足空氣；在水中游泳時要用鼻子吐氣等等。有了充分的準備，好讓我明天再次游泳時能有備無患。

隔天，到了游泳池後，我馬上把小紙條拿出來再看一遍，並且下水，這次並沒有像上次那樣緊張了，也游得比上次好，因為我發現不用想太多，游就對了，而且我也克服了小紙條上的困難。現在，我對游泳不再那麼害怕了，還反而喜歡上游泳呢。

經過游泳這件事，讓我更喜歡學習，也讓我發覺每件事都有第一次的經驗，有些是好的開始和好的經驗，當然也有一些是不好的開始和不好的經驗，但是「天下無難事，只怕有心人」只要努力一定能成功。所以，你只要克服困難和害怕的心裡，相信每個人都可以快樂學習，都可以享受學習的樂趣。

☆入選中華青少年兒童寫作協會舉辦第一期網路徵文。

第一次代表學校參加足球賽

許皓哲

　　我住在桃園縣龜山鄉長庚醫護新村社區，但是就讀台北縣林口鄉麗園國小，每天上、下學時都會看到長庚國小的足球隊員在社區的大草皮上踢足球，看他們個個精力充沛很努力地在練習踢足球，心裡覺得很羨慕。

　　升上四年級時，我轉學到長庚國小，心裡想，如果我也能加入足球隊是多麼美妙的事。於是我參加了足球社社團，每次上課時我都很興奮，而且很認真學習，下課後也常邀爸爸陪我一起練習，踢足球的技巧也越來越熟練，因此，我終於有機會加入長庚國小足球校隊。

　　第一次踢足球時，心情很緊張，因為不知道自己能力好不好，能不能勝任足球隊的要求。經過教練鄭主任的教導及訓練，及自己不努力不懈的練習，我現在踢足球的能力進步很多。

　　加入學校足球隊後，因為要參加「桃園縣縣長盃足球賽」，我們每天早上都要集訓練習。雖然每天要很早起床到學校辛苦地練習，但是我心情都很愉快，一點也不覺得累，也希望經由不斷地練習，能增強實力，爭取好成績及為學校爭光榮。

　　經過幾個月的集訓後，我們終於要代表學校出去比賽了，這是我第一次代表學校出去比賽，心裡既興奮又緊張，希望自己能把握機會好好表現。比賽前教練帶著我們呼喊口號，當時

心情很激動，好像突然信心百倍，希望我們長庚隊能全力以赴
好好表現。第一場，我們和觀音鄉上大國小比賽，我擔任中鋒
的角色，我很投入地認真踢球，隊員也很賣力比賽，最後雖然
沒有獲勝，但是我們這一對的隊員都盡力了，雖敗猶榮。老師
也鼓勵我們要有運動家的精神，勝不驕、敗不餒。我們會繼續
努力。

　　經過一學期教練的辛苦教導及訓練並且有了參加比賽的
經驗，我現在踢足球的能力進步很多，而且也結交了很多好朋
友，現在下課後也會邀同學一起去踢足球。我覺得踢足球不僅
是為了參加比賽，更是一件有益身心，很快樂的事。

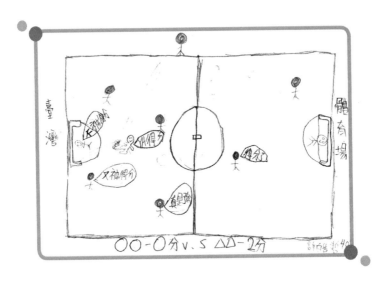

☆入選中華青少年兒童寫作協會舉辦第一期網路徵文。

夏天最棒的享受

王柏逸

在這個炎熱的夏天，為了不讓我們懶洋洋的待在家裡，爸爸提議帶我和妹妹去公園騎腳踏車。在騎車的時候，暖暖的夏日微風吹在臉上，那種感覺真是舒服極了！雖然身上的汗已經溼透了衣服，但是也因為流汗讓身體舒暢很多。

騎累了，爸爸買了三碗冰，我們就坐在院子裡開心的吃了起來，我點的是杏仁口味，那晶瑩剔透的白色杏仁凍，滑溜又清香，吃在嘴裡冰冰涼涼的，配上甜蜜的糖水，忍不住一口接一口，讓杏仁凍順著喉嚨滑進胃裡，那種透心涼的滋味，到現在還無法忘懷。

院子裡，種滿了美麗的花草樹木，微風輕輕吹著，耳邊還傳來陣陣蟲鳴聲，偶爾鄰居經過，和我們親切地打招呼，就這樣，悠閒地坐在院子裡享受了一個美好的午後時光。不知不覺天色已漸暗，我們才依依不捨回到屋裡。

運動後，吃一碗甜蜜的挫冰，是夏天最棒的享受。

☆四年一班王柏逸小朋友得獎作品！榮獲小桃子網路徵文九十七年九月份佳作獎！

老師不在的時候

呂俊賢

　　當老師不在的時候，我們大家都很開心，所以我們都很期待老師去開會。終於有一天，老師去開會了。

　　這時，全班都離開座位，有人聊天、有人玩遊戲、還有人看書寫字，大家都非常快樂。還好有班長和風紀股長，不然我們可能會吵翻天呢！

　　而我正在和同學聊天，聊到最精采的時候，就被班長叫回座位，還好我事先到圖書館借一本書，這時就可以慢慢欣賞這一本書。

　　到最後，班長和風紀股長也累了，他們就回到位子上休息，班上又開始大吵大鬧，因為班長和風紀股長他們累了，所以他們也管不了我們。

　　結果，我們班的報馬仔說：「老師快要回來了！」我們就趕快回到自己的座位，連班長和風紀股長也跑回黑板前面，以免被老師罵。

　　雖然老師不在，我們可以自由活動，但我們也不能玩得太過火，應該要維持班上的秩序。

老師不在的時候

吳佑翔

在一個風和日麗的日子，老師正在上課時突然來了一通電話，老師接到電話得知校長召開緊急會議，便以疾如風的速度跑出了教室。

當老師離開不久後，全班便開始大聲聊天，還有人拿出他哪香噴噴的便當大口大口吃著，真令人羨慕。就這樣不管班長怎麼管，說話的人數還是一個也不少。

班長見狀便搬出了班上最恐怖的班規坐鎮，那就是講話被抓到者要去掃廁所，頓時全班鴉雀無聲，但我還是忍不住跟同學說了些悄悄話，不妙！眼尖的班長看到了當然我理所當然的被叫了起來。

剛好老師回來了，於是班長報告了班上在老師不在時的情況後就了，當然裡面包括了我的事情，於是我被老師叫去掃廁所一個禮拜。我記取了教訓後，就再也不敢上課聊天了。

☆大鳥老師附註：我有叫你掃廁所嗎？

老師不在的時候

馬傑齡

　　老師不在的時候，原本安靜的教室就變為吵鬧，這時就要請風紀股長來管理秩序。

　　如果風紀股長沒來管理秩序，大家就會大吵大鬧，打擾別班同學，大家也會被別班的老師處罰。老師回來時，也會被老師多加很多功課、不能下課、罰抄課文。

　　我們得到了教訓，所以以後我們不會再大吵大鬧打擾別班上課。因為沒有好報又給了我們一個更大的麻煩，而且讓我們學到一個很不好的習慣，因為班上有些人在聊天、也些人在玩玩具、有些人在唱歌、有些人在和同學打架、有些人在玩老師的電腦、偷寫功課等等。

　　我們不能在老師不在的時候做這些沒意義的事，我們要複習功課或看書，這樣就不會吵到別班的同學，才是一個好的學生。

老師不在的時候

周倢妤

　　老師不在的時候，是大家最開心的時候了。因為沒有老師管秩序，就可以做自己想要做的事啦。所以只要老師一出去開會或離開教室時，我們班上的秩序就會亂得不像話。

　　這天，老師又出去開會了，全班欣喜若狂。有的人偷偷從抽屜拿出飲料來喝；有的則是拿出功課來寫，希望回家後的負擔能夠減輕。「我問你，籠中鳥，猜一個古人名。」你聽，還有人在說謎語呢！這時候在班上總是特別熱鬧。

　　就在大家玩得正起勁時，風紀股長突然走了出來，全班一看到他，就瞬間鴉雀無聲，因為一被風紀股長記名字到黑板上，功課就會加倍。「真掃興，本來以為可以一直玩到老師回來……」有人在下面偷偷說著。我也有這種感覺，因為一直被別人盯著，總是讓我感到渾身不自在。

　　老師回來了，我馬上鬆了一口氣，因為我沒有被風紀股長記名字。雖然又要開始上課，心情也開始變沈重，但是我們班又恢復秩序了。真希望老師每天都能去開會，留點時間給我們玩一下。如果沒有幹部出來管秩序，那就更好啦。

老師不在的時候

陳昱睿

　　老師不在的時候，班上是吵吵鬧鬧？還是鴉雀無聲呢？

　　上課到了一半，校長發出了召集開會的緊急旨令，於是各位老師及主任，二話不說，立刻到達圖書館開會，有如燃眉之急，因為時間緊迫，老師沒給全班交代，就顧著公事，匆匆走去圖書館。

　　老師走後，班上開始七嘴八舌的講說不停，有人乖乖看書，不想讓費時間；有人正在拼命的寫回家功課，好讓自己減少回家後的負擔；有人正在談天說地，聊聊最近的電玩遊戲是否更有趣；有人則是偷偷摸摸在門口把風，隨時隨地告訴大家，外面老師的情況。突然，探報員說老師快回來了，讓人緊張兮兮，隨時把音調放低。

　　果然，老師的高跟鞋「喀！喀！喀！」響亮的聲音，代表著老師要回來了，也代表著快樂的人間天堂，即將化為烏有，大家把握剩下的時間，繼續說下去，老師高跟鞋的聲音，越來越大，越來越響，就在這時，老師把腳伸進教室的那一剎那，天壤之別，瞬間安靜起來，乖乖拿出課本，心不甘，情不願，滿臉愁苦的上課。

　　老師不在班上時，雖然時間短暫，卻帶來了無限的快樂，可以讓我們輕鬆一下，讓全班彼此都快樂，希望下次還有老師不在的時候。

老師不在的時候

潘芸柔

　　老師不在的時候，教室內會十分吵雜。「喂！你的鬥片借我看一下！」「ok」你聽！有人在高談自己的鬥片呢！「跟你說一個笑話哦！」「好！」「甚麼動物可以貼在牆壁上？」「不知道」「海豹〈報〉」「無聊」「哈哈」你聽！還有人在說笑話呢！

　　幾乎每個同學都不喜歡老師在。因為老師一來就要寫習題、討論。而且有一次午睡時，老師出去我們高興到不行呢！

　　可是如果老師不在班上，班上就會好吵好吵，同學也會沒有秩序。

　　突然老師回來了，班上恢復了安靜。繼續上課了！

☆ 三月份學校國語文競賽國語演說題目就是〈老師不在的時候〉我們班
派潘芸柔和曾心盈代表參加比賽，心盈抽到一號緊張到無法自圓其
說；芸柔採納我的建議說出一則笑話。比賽結果芸柔得到第二名，她
很高興我們也為她高興。六月份「小桃子網路徵文」題目就是〈老師
不在的時候〉，忙到無法協助他們更改，但讀他們的文章就像看到我
不在的時候他們的樣貌和搗蛋的模樣兒，覺得頂有趣，就收錄在此，
以茲回顧。感謝班長昱睿和風紀股長以平總是在老師不在的時候主動
站起來管理班級秩序！

豐山之旅

吳佑翔

　　難得今年有這麼長的年假，於是我們一家人和高雄親戚小年夜約在嘉義縣豐山風景區碰面，打算在那兒提前過個清閒的假期，避開年後的人潮，隔天除夕再回南部吃年夜飯，以遊山玩水慶祝新年的來到。

　　我們一大清早便出發前往目的地，經過了三小時終於到達明月山莊，那裡景色優美又安靜，深山中我們好像已脫離塵世的紛擾，來到了被人間遺忘的角落。山莊不供午餐，因此去了石盤鼓大橋旁的小店享用了一頓古早味，再配上一碗當地特產野生愛玉，真是令人難忘的一餐。

　　下午與高雄親戚會合後，莊主便帶著我們一行人來到了百年土石流遺蹟——「大石鼓園」，那裡有證明台灣是從海中誕生的小島的海螺、海扇化石，還有土石流沖出的巨石平台，四周圍起鐵欄杆，讓我有一種錯覺好像身在甲板上，山風吹來，似乎就要破浪而去。這裡的步道生態豐富像是台灣櫸木、山肉桂、木薑子、紅山椒鳥、黃腹琉璃鳥、寬嘴鶲等等，讓人目不暇給。健行時，無形中又增加了對山林的認識，走在棧道、吊橋上感覺自己好像回到自然的懷抱，心情特別好。

　　山裡的時間總是過得非常快，一下子就到了晚餐時間，莊主特別準備爸爸愛吃的苦花，炸得酥酥的，很快盤底就朝天

了。媽媽說我們好像是在吃年夜飯，就這樣大家在山裡和自然團聚了！

隔天的天氣仍然不錯，大夥們便登上豐山觀景台，在早開的櫻花樹下喝咖啡、聊聊天、看看書、眺望群山，這樣美麗的地方，這麼豐盛的行程，恐怕連五星級飯店都比不上我們。最棒的是全家聚在一起，阿嬤說：「這裡好像自己的家一樣。」

這的確是我們最自由自在的旅程，我會把這趟難忘的旅行永遠記在心裡。

☆ 佑佑的爸媽都是登山的愛好者，難得佑佑也常跟著去爬山。這篇旅遊記寫得很棒，讓我們也跟著到豐山去遊歷一趟。

戶外教學

劉珍

今天是我們期待已久的戶外教學，每一個地點都讓我們興奮和高興，一大早，大家在教室裡七嘴八舌的討論午餐吃什麼。

之後，我們上了車，大家就開始聊天，整車都是吵吵鬧鬧的。害的司機都笑得合不攏嘴，導遊叔叔就說：「請大家安靜一點！」。到了故宮，大家都非常開心，我們進去故宮，故宮裡人山人海的好熱鬧，導遊叔叔又說：「請大家跟好，不要跟丟囉！」我們到了學藝中心，我在那裡看到了清明上河圖、童玩之後我們還那裡看了故宮傳奇的影片，也在那搭了彩虹橋、拱橋。

接著我們去了故宮旁邊的至善園，我們在至善園裡散步就好像在人間仙境的方散步，我們在那邊看到了天堂鳥、黑天鵝，大家都覺得至善園超級漂亮。

然後我們還去了郵政博物館，第一站我們到了四樓寫明信片，之後聽了大哥哥說怎麼寄信，後我們又去了第二站二樓看先總統蔣經國的紀念郵票，我發現郵票本來是車票，後來變成郵票，而且郵票上一定要有價錢、圖片、國家，為什麼要有郵票哩？是因為要讓郵差先生知道你已經付錢給郵局了，所以大家都要在信或明信片貼上郵票。之後我們又去了第三站三樓看

泰國、日本的郵票，在那裡我看到有卡通人物、動物、人物、古蹟的郵票。

　　最後我們到了最後一站一樓，老師說：「這次的戶外教學也告一個段落了！跟哥哥、姊姊們說再見了！」我們就依依不捨的跟哥哥、姊姊說再見。

　　這次的戶外教學給我很多知識和看到許多很少見的郵票，這次的戶外教學讓我有許多回憶。希望我們可以把這一天學到的知識放在日常生活中運用到，我也體會到郵差的苦心。

校外教學

周芷筠

　　這一天，終於讓我等到了，因為今天要去校外教學！一大早晴空萬里，我踏著輕快的步伐也懷著期待的心情準備展開一場「故宮奇妙之旅」！

　　首先第一站是位在士林區的故宮博物院，哇！當我看到故宮外頭的「面貌」十分驚艷，百感交集的心情難以形容，因為秦始皇壯麗的阿房宮也不過如此啊！裡面的兒童學藝中心更是讓我獲益良多，如何搭橋？如何印製書藉？故宮的神奇奧秘，個個疑難雜症的問題一一在那裡得到答案了。

　　中午我們去麥當勞用餐，在那裡我們玩得不亦樂乎，但似乎太「樂」了，有的同學在遊樂區裡跌倒了，餵飽五臟廟後，又繼續精神抖擻的朝下一站前進了！

　　下午我們去參觀郵政博物館，一開始由嚮導姐姐帶領我們去四樓寫明信片，這可是要寄回家的呵！姐姐講解得口沫橫飛，而我們也聽得頭頭是道，接下來五樓展出的是各地郵票，而我也從中得知全世界第一張郵票是印著英國女王維多利亞十八歲時候的肖像稱作「黑便士」，聽說以前維多利亞女王的面貌美如天仙、體態婀娜多姿呢！參觀完五樓後，六樓是日本、泰國的郵票，種類豐富，是非常值得去觀賞的博物館！

　　很快的校外教學的活動已接近尾聲，這次「校外之旅」的學習成果讓我滿載而歸，相信將來可以學以致用的運用在課業上。

戶外教學

姚勇瑞

　　哇！又到了我期待已久的戶外教學日，我們今天要去故宮、至善園和郵政博物館，每個行程都讓我既期待又緊張。

　　在所有的行程中，我覺得郵政博物館最為豐富、特別。郵政博物館位於建國中學附近，外表雖不顯眼，像個郵局，但裡面卻擁有世界各地的郵票，和古代的郵政機構呢！

　　我們戶外教學時，是泰國和日本郵票的特展期；我們首先到四樓寫明信片，寄給家人或自己。接著，我們到二樓去參觀古代的郵政機構，原來，遠從秦始皇（嬴政）時代就有簡單的郵政機構，可見郵政的歷史十分長久，另外，在此樓層還有古代的驛站，真是古色古香。參觀完二樓，我們到六樓的特展區，六樓有許多美麗的泰國、日本郵票，日本的郵票大多是以卡通、動畫、遺址和自然景觀為主，有五角形、圓形和正方形；而泰國的郵票主要是以泰國的傳統舞蹈、國王和動物為主，材質有紙、布和金箔，圖片既好看又華麗。

　　最後，我們到五樓的展區，此區展出來自世界各地的郵票，我們看到身價好幾千萬的台灣郵票，和最早的郵票──黑便士，另外，還有一百多個國家的郵票，如不丹的3D郵票、東加的金箔郵票……等，真是特別又華麗！

　　今天的戶外教學真是既有趣又好玩，希望下次可以再去郵政博物館參觀，更深入了解郵票的歷史！

故宮博物院

游子瑩

　　一大早，我才睜開眼就迫不及待的從床上跳下來，背起前幾個禮拜就準備好的書包，因為今天就是我期待已久的戶外教學。我急忙趕去學校，一進教室，大家都興高采烈的聊天，吵吵鬧鬧的就像菜市場一般，接著我們就快樂地上車了，這次我們要去台北市的故宮博物院。

　　當我們到達目的地時，一位看起來很熱情的阿姨迎接我們，她就是導覽解說老師。首先她帶我們到故宮的兒童學藝中心，去看《故宮驚魂記》，它不像《博物館驚魂記》這麼嚇人，故宮驚魂記主要是將雕像圖畫等由靜態變成動態的，非常有趣。接下來讓我印象最深刻的就是不用架子的拱橋，它非常特別，一開始先把架子做好，再把它鋪好路，最後再把架子拿走，這可是要靠大家同心協力才能完成，這個神奇的拱橋，連外國設計師都想來看它的製作過程呢！

　　再來我們到故宮旁邊的至善園，裡面有人在寫生、有人在慢跑、有人在欣賞、有人在聊天，這裡像極了人間仙境，因為有精緻的雕刻、清澈的小溪、舒服的涼亭、盛開的花朵，我們自在的欣賞四周，有人還把雕像看成是真正的鳥兒，可見這些大師們刻的雕像真是栩栩如生。

　　花兒開始微微擺動，跟我說再見，我依依不捨地和人山人海的故宮博物院說再見了。這個生動的戶外教學讓我滿載而歸，且增廣見聞學到很多知識，這次的戶外教學既有趣又豐富呢！

至善園一日遊

陳塘

　　五月十四日一大早，我們全體四年級師生一起去至善園玩，當天是一個非常好的天氣，大家都很開心，也玩瘋了

　　上了車之後，有一位導遊先自我介紹，：「大家好！我的小名叫簡哥，我是你們的導遊，現在你們要看卡通影片，還是要玩遊戲」一開始大家都先說要玩遊戲，所以簡哥就開始講遊戲規則：「我這裡有一個瓶子，等等我會唱一首歌，唱完時看瓶子在誰那裡，那個人就要起來唱一首歌」大家一聽到這裡就有點不開心，因為我們都不想要唱歌，所以就又改了要看搞笑卡通影片。

　　不知不覺就到了至善園，到了那裡簡哥讓我們自由活動一下，自由活動時我們還看到新郎和新娘正在拍婚紗照，很漂亮喔！而且我還看到很多很漂亮的風景，彷彿是人天仙境，裡頭還有一個小涼亭，我們走累了就去那裡休息一下，還有人像可以拍照呢！

　　快樂的時間總是過的很快，又是要跟至善園說拜拜的時候了，今天我真的玩得很開心，也要謝謝爸爸、媽媽交錢給老師，讓我有機會去那麼有知識的地方。

故宮一日遊

簡辰方

　　今天是五月十四日，我非常興奮，所以我一大早就起床了，我帶著我的小背包趕緊到學校裡，然後和同學成群結隊搭上遊覽車，展開今天的故宮一日遊。一路上，大家都七嘴八舌的討論著接下來要去哪裡，當然，我的心情也和大家一樣，期待的不得了，那時，我一秒鐘也不想待在車上，因為我已經迫不及待想要展開今天的旅程。

　　過了不久，我們的導遊──簡哥，叫我們要開始準備東西了，下車之後，我們來到故宮博物館的大門口，然後我們爬上樓梯，一步接著一步，爬上去之後，我上氣不接下氣的，因為那層樓梯有如萬里長城般的長，接著，我們來到故宮的兒童學藝中心，那裡的解說人員向我們介紹有關古人生活的點點滴滴，並且讓我們操控戲偶，大家也都玩得不亦樂乎。

　　離開兒童學藝中心後，簡哥帶我們到故宮旁的至善園，到了那裡我彷彿來到人間仙境，那裡種滿了花花草草，風景美不勝收，在那裡，我將所有的煩惱都拋於腦後。然後我聽到了河水一波一波流動的聲音，坐在涼亭中的石椅上休息，過了沒多久，大家就依依不捨的搭上遊覽車，結束了今天的故宮一日遊。

☆ 這學年我上四年一班的社會課，校外教學故宮一日遊回來，我請他們
寫一篇文章，覺得他們寫得很好，尤其勇瑞對郵政博物館有很多知性
的介紹，甚為可貴，特收錄於此。

快樂的一天

吳品陞

　　去年我生日的時候，爸爸媽媽帶我去吃燒烤，是我最快樂的一天。到了燒烤店裡，我看到了好多肉，還有飲料和蛋糕。

　　因為我們去得很早，燒烤店裡還有很多的位子，我們找到了一個氣氛很好的位子坐了下來，開始點菜。菜單上有好多的火鍋肉類，有豬肉、牛肉、雞肉；還有小火鍋。等到我們點的食物端上來的時候，我就迫不及待的拿起筷子，準備大快朵頤，幸好！爸爸提醒我那肉還沒烤呢？要不然的話，我可能就會拉肚子的呢！

　　我們剛開始烤的時候，我只能先吃白飯，因為肉還沒有烤熟，等到肉烤熟了，我就先把他夾起來放進我特製的醬料裡，我和爸爸媽媽吃得好快樂！好高興！吃到最後，我有一點太撐了，可使當我看到蛋糕時，我忍不住又吃了蛋糕，真是太撐太撐了！但是我很高興！

　　這天是我最快樂的一天，因為這是我第一次過這麼豐盛的生日，希望今年，我也能有一個快樂的生日。

☆品陞就讀本縣新屋鄉頭洲國小三年級，從97年開始就跟著爸爸媽媽一起來參加「新楊平社區大學——生活、印象影像讀書會」課程，我邀請他寫一篇文章讓我收錄在此，他義不容辭馬上答應，讓我很感動！本文真情流露，文筆通順！我祝福品陞學習快樂！天天都快樂！

第四篇

閱讀心得

大鳥老師的話

　　三年級時我們在晨光時間共讀一本康軒文教事業出版，林玫玲編著的《閱讀心得寫作王》一書，教大家怎樣寫閱讀心得。後來龜山鄉徵求閱讀心得比賽，我們投出去的文章有呂俊賢、呂以平、周倢妤等所寫三篇文章，榮獲龜山鄉97年度書香校園閱讀暨閱讀心得比賽佳作獎，真是可喜可賀！

　　98年，我們的成果更輝煌！周倢妤得到98年度書香校園閱讀暨閱讀心得比賽第二名，為學校爭取到二萬元圖書經費，大鳥老師因而也榮獲家長會長頒贈指導獎金。呂以平、莊涵榕得到佳作獎，這一切的榮耀和得獎都讓我們更加肯定和更加相信，只要努力一定能把閱讀心得寫好，要得獎也不是困難的事，大家努力加油喔！

　　要把文章寫好或是要把作文寫好，最重要的不二法門就是閱讀，閱讀之後如何寫好閱讀心得，也是有一定的脈絡可循。這幾篇閱讀心得文章寫得很好，不論得獎與否都可作為我們寫作閱讀心得參考，希望大家仔細閱讀！也祝福所有小鳥們能在所有比賽當中脫穎而出！

　　閱讀豐富人生，閱讀增廣見聞！閱讀讓你有不一樣的人生！祝福所有愛好閱讀的大朋友、小朋友都能享受閱讀的樂趣！

電子使用王：我讀《電子世界》

呂俊賢

　　《電子世界》是一本很實用趣味橫生的書，介紹許多好玩又有趣的物品，讓我知道許多機器，例如：手工加法機、無線電呼叫器、心臟監視器……等。

　　在沒有電的時代也有很多機器，巴貝奇在電子時代來臨前，曾經設計數台能產生絕對正確函數表的機器，可是他所設計的機器沒有一台被製造出來。

　　書中還有很多有關機器的知識，像發電機：用摩擦力來發電。電磁波靠銅質拋物面反射器來傳導。除了這些波之外還有正弦波和脈波，它們都是用來傳導訊息的。而電阻器就是用摩擦來阻擋電流前進和其他功能……等。

　　電，是我們日常生活上不可缺少的資源。沒有電，暗無天日，伸手不見五指，恐怖可怕也沒有辦法做事情。沒有電，冰箱無法啟動，蔬果食物會腐壞，日常生活變得相當不方便。沒有電，電腦無法啟動，網際網路無法傳送，科技資訊停滯不前。電為我們帶來生活上的方便和資訊科技的發達。我覺得發明電的人真的是很厲害。讓我們的生活更方便；就像我家的電腦，讓我們可以查資料、玩遊戲、網路購物……等。

　　雖然機器很好用，可是機器有時候也會很遲鈍，例如：用算盤很熟練的人，就比得過手工加法機算數；查字典很快的

人，就比得過用電腦查字典；會看地圖查目的地，比上網查目的地快也沒有電腦當機的問題。

我們處在一個電子的世界，身邊有許多電子工具，但是我們也不要把電子用在不好的行為上，假如你真的做了不好的行為，後果可能會不堪設想而影響到其他人或事物上。所以我們要善用電子世界的好處，改善我們的生活；不要利用電子世界來做出不好的行為，加害其他的人。

前人辛苦研究發現了電，才使我們的世界變亮、變得更快樂、更舒適、更方便和歡喜。我們都要好好珍惜，做一位現代超級的電子使用王。

☆本文榮獲97年度龜山鄉書香校園閱讀暨閱讀心得比賽佳作獎！

窮光蛋狂想曲：我讀《中國寓言故事》

呂以平

書　　名：中國寓言故事
作　　著：向陽
出 版 社：九歌出版社有限公司
出版年月：2002年9月10日

內容大意：

　　《中國寓言故事》是由好幾個寓言故事所集合組成的一本書，其中有一篇〈窮光蛋狂想曲〉、和另一篇〈不要金子要指頭〉我印象最深刻。

一、〈窮光蛋狂想曲〉：
　　陳大家裡很窮，靠撿破爛為生。
　　有一天，陳大撿到一顆雞蛋，他說：「我們有財產了！」太太問：「為什麼？」陳大回答：「因為……再請幾個傭人。」太太越聽越入迷。陳大又說：「我呢，就可以討幾個小老婆了。」太太一聽先生要討小老婆，氣得把雞蛋猛力一摔，陳大一看，美夢全泡湯了。

二、〈不要金子要指頭〉：

　　據說，神仙能用指頭把石子點成金子。一天，神仙來到人間試試碰到的人，誰是不愛錢的。

　　第一個人，一看到金子，伸手就想抓取。第二個人，看到金子，拿起金子就要逃跑。第三個人，小和大的金子都不要，他想要會把石子點成金子的指頭。神仙一聽，趕緊逃回天上，從此再也不敢到人間來了。

心得感想：

　　〈窮光蛋狂想曲〉這篇寓言故事告訴我們做事要腳踏實地，不要做白日夢，別妄想不可能的好事情會降臨在我的身上，要知道「一分耕耘、一分收穫」、「天底下沒有白吃的午餐」，只有腳踏實地一步一腳印去做事，才有成功的一天。

　　陳大撿到一顆雞蛋就妄想「自己變有錢的人了」，而且還妄想有了錢要去討小老婆而不去做對社會有意義的工作，所以他的老婆一聽，氣得把雞蛋猛力一摔，陳大的美夢全泡湯了。

　　〈不要金子要指頭〉這篇寓言故事讓我們知道人是很愛錢的，神仙來到人間要試探人性，結果發現沒有人不愛錢，第一個人，一看到金子，伸手就想抓取；第二個人，看到金子，拿起金子就要逃跑；第三個人，不論是小的金子或是大的金子他都不要，他只想要會把石子點成金子的指頭。神仙一聽，落荒而逃，從此再也不敢到人間來了。

　　在〈不要金子要指頭〉這篇寓言故事裡我覺得第三個人很聰明，他不要別人給他金子，他要能生產出金子的指頭，這樣他自己就能源源不斷地生出很多金子，而不是只有一塊大的金子和一塊小的金子。而第一個人和第二個人就比較不應該，金子不是自己的東西，怎麼可以去抓取？甚至第二個人拿了之後還想佔為己有趕緊逃跑，真真不應該。我們可以學著去做第三個人，讓自己有一根會生出金子的指頭，讓這根指頭為我們生出很多金子。

　　〈中國寓言故事〉裡有很多的智慧，等待我們慢慢去發掘，讀這本書我受益良多，我告訴自己不要做一些不切實際的白日夢，不要學陳大不努力耕耘卻妄想一步登天，要讓自己有一根會生出金子的指頭，要腳踏實地努力耕耘，有一天，成功就是我的。

☆本文榮獲97年度龜山鄉書香校園閱讀暨閱讀心得比賽佳作獎！

驕傲的大將屈瑕：我讀《成語故事》

呂以平

書　　名：成語故事
作　　者：姚瑜雯
出 版 者：台灣東方出版社
出版年月：2006年4月

內容大意：

　　「成語故事」是一本由許許多多、創意無窮成語故事組合起的書，我們不但可以從裡面得知做人的道理，還可以從裡面學到很多新的成語，其中，我最喜歡的成語故事是「趾高氣揚」和「鐵杵磨成針」。

一、趾高氣揚：

　　有一回，楚武王派大將屈瑕帶兵攻打羅國。出發時，大夫鬬伯比為他送行。等屈瑕走遠後，鬬伯比看著他走路的姿勢，說：「屈瑕這一次一定會打敗仗的。」回去後，他馬上跟楚王說，楚王又跟夫人說，沒想到夫人卻說：「鬬伯比的看法沒錯，屈瑕因有戰功，所以總是心高氣傲。他這一次出兵，大概也不把羅國放在眼裡。過份輕敵，恐怕要吃敗仗了。」楚王一聽，著急起來，結果真的打敗仗了。

二、鐵杵磨成針：

李白從小就很聰明，可是卻不太用功。有一天，他又趁老師不注意，溜到外頭去了。走著走著，看見不遠處有個老婆婆坐在地上，賣力地磨著一根又粗又厚的鐵杵。李白問到：「老婆婆，您磨了半天的鐵杵，到底要做什麼呀！」老婆婆瞇著眼回答：「我要把它磨成一根繡花針。」李白忍不住大笑說：「鐵杵這麼粗，什麼時候才能磨成針呢？」老婆婆很正經的說：「只要有恆心，鐵杵一定可以磨成針。」

讀後感想：

「趾氣高揚」這一篇成語故事告訴我們做人不要太驕傲，就像故事裡的屈瑕，他以為自己很厲害，想有了前打勝仗時候，敵人就會怕他。

「鐵杵磨成針」這一篇成語故事告訴我們只要有恆心，不管多困難的事，一定就有收穫。就像老婆婆說的：「只要有恆心，鐵杵一定可以磨成針。」

《成語故事》這一本書裡有許多智慧的寶藏，等我們慢慢的挖掘它、發掘它。讀完這本書，我知道要告訴自己，要做個不驕傲的人，不要像屈瑕一樣；要做個用功讀書的人，不要像小時候的李白一樣。只要這麼做，我們一定能學到更多新的事物。

☆ 本文榮獲98年度龜山鄉書香校園閱讀暨閱讀心得比賽佳作獎！

閱讀小天才：
「閱讀心得寫作王」讀後感想

陳昱睿

　　《閱讀心得寫作王》這本書是在教我們怎樣寫閱讀心得和大意，裡面也有很多很好的文章提供我們參考。

　　這本書裡，告訴我們怎樣用應用文和散文方式寫心得和大意。寫大意可以用五W法來寫：WHO（誰）、WHEN（何時）、WHERE（何處）、WHAT（什麼）和HOW（如何）。寫心得有兩種寫法：條列式和文章式，條列式是用「一、二、三」來標示，讀者可以一目了然；文章式是像寫作文一樣，把書籍基本資料、內容大意、心得感想、評論或特色寫下來，就像寫作文一樣也要注意文章的段落和流暢。

　　作者也談到特殊作品的閱讀心得寫作方法，如圖畫書、作品合集和大頭部的小說，如果你寫的是圖畫書，就要把畫給你的訊息寫出來；如果是作品合集，就要把你感動的作品大概寫出來，是大頭部小說，就要用「先略再詳」的方式寫出來。

　　書中的作品令我感動的是一篇讀書心得──〈一場電影惹的禍〉，它描述一對好朋友相約去看電影，但互相會錯意，而不承認自己的錯誤，最後終於互相道歉，又合好了。日常生活中，常會發生這種事，所謂「不經一事，不長一智。」

　　這本《閱讀心得寫作王》對我受益良多，從「事前的準備功夫、心得的表現方式、撰寫心得報告、閱讀作品的寫法、常見的缺點」一一呈現。讀完這本書後，我終於知道怎樣寫讀後感想，不像我以前一樣，不知如何寫起，就隨便亂寫，每次都讓老師很傷腦筋！現在我已經不再害怕寫閱讀心得了。

《三國演義》讀後感

陳昱睿

　　《三國演義》這本書是介紹劉備、關羽、張飛這三個熱血男兒在三國時代的故事。這本書也是老師為我們準備的班書。

　　東漢末年，朝政府敗，百姓的日子非常困苦，加上黃賊巾搗亂，所以漢靈帝下令招募兵馬。有一名英雄姓劉名備，字玄德，看完榜文後遇到了一位姓張名飛，字翼德的壯漢，他們倆都想為國家效勞，於是相約去餐館吃飯聊聊。劉備帶著張飛走進一家酒館，當他們聊得正開心的時候，有一個人從店外走進來，劉備見這人有九呎高，長鬍子，臉色紅潤，相貌堂堂，連忙請他過來一起坐下來。此人姓關名羽，字雲長，他們三個志願都一樣，一見如故，便在桃園結拜為異姓兄弟，稱「桃園三結義」。

　　劉備、關羽、張飛三人勇猛無比，上刀山、下油鍋，在所不惜生命。劉備還三顧茅廬三請孔明出來協助，孔明為了劉備，幫他創立了「蜀國」，也用各種伎倆如「草船借箭」、「空城計」、「借東風」等戰略技巧三氣周瑜，讓周瑜這樣聰名的一等人才也被孔明氣得七竅生煙，嘆息道：「既生瑜，何生亮？」關羽、張飛也斬了眾多好兵好將，協助劉備渡過了許多難關。

閱讀心得：

　　在這本「三國演義」裡，我最喜歡的就是「劉備三請孔明」，劉備三請孔明是在敘述：劉備遇到了司馬徽，司馬徽告訴他臥龍、鳳雛是天下奇才，請到一個便能安邦定國，所以劉備馬上去尋找臥龍、鳳雛。一天，劉備看到一人說自己有本領，卻未遇明主，劉備以為遇到了臥龍、鳳雛，可是並不是，他自稱單福，本名叫徐庶，可是他後來被曹操騙去，臨走前他告訴劉備臥龍就是孔明，鳳雛就是龐統。幾天後劉備和關羽、張飛去拜訪孔明，可是第一次和第二次孔明都不在，第三次終於請到孔明作軍師，這就是有名的「劉備三請孔明」也就是「三顧茅廬」成語故事的由來。

　　我覺得三國時代裡，最聰明的是孔明，因為他足智多謀，化解了很多危機；最勇猛的是周泰，他直接衝進敵營，不顧自己的安危把孫權救出來；最雄才大略的是曹操，他要掌管很多城池，也要想辦法應付孫權和劉備。

　　我最喜歡的人是張飛，因為他非常大方講義氣，不會見利忘義，會知恩圖報，說到做到，所以我也要像他一樣，才能交到許多朋友。

讀書報告：不一樣的聖誕禮物

周倢妤

你曾經有幫聖誕老公公送禮物的經驗嗎？你認為自己是個受歡迎的人嗎？你是個會與人分享的人嗎？你收過不一樣的聖誕禮物嗎？

我在學校圖書館裡發現了這樣一本書——《不一樣的聖誕禮物》居於好奇心我借了這本書，仔細的看了很多遍，越看越有趣，愛不釋手。這本書是查理斯·諾依奇包爾寫的，由上人文化事業股份有限公司出版。這是一本寫與人分享及負責任表現的故事書。

小迪是一隻自私的貓，因為平時很自私，自己的東西也從不與人分享，所以沒有人願意和他做朋友。他很孤單，聖誕節快來臨的時候，他最期待聖誕老公公的禮物。於是請朋友達達幫他寫信給聖誕老公公告知他最希望得到的禮物。結果這一次聖誕老公公沒有送他禮物，反而要他做聖誕老公公最喜歡做的事情——送禮物。

剛開始，小迪認為自己人緣差而拒絕。因為他怕別人會拒絕他。但是後來在朋友韓韓的鼓勵下及陪同下，終於願意替聖誕老公公分送所有的禮物給每位小朋友。最後也順利的把禮物分送給大家，每位收到禮物的小朋友都非常感激他，因此他也交到許多新朋友。而且聖誕老公公為了嘉獎他，決定派小

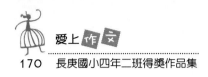

迪當他的小幫手。從此以後他就變得很慷慨，不再有自私的念頭了。

看完這本故書後，讓我學習到平日對朋友要有分享的心，對人要誠懇，要用一個快樂的心情去幫助別人，同時也不要抱著你幫助別人後期待別人一定要回報你的心情。這樣就會讓自己更快樂，當別人感受到你的真誠及熱心後，自然會想和你交朋友。這也是你意外的驚喜及收穫。

☆本文榮獲 97 年度龜山鄉書香校園閱讀暨閱讀心得比賽佳作獎！

讀書報告：《小王子》

莊涵榕

書　名：小王子
作　者：聖修伯里
譯　者：吳淡如
出版者：全高格林股份有限公司
出版年月：1998年2月

內容提要：

　　聖修伯里在六歲那年，畫了一幅傑作，問大人會不會被它嚇到。大人們說：「有人會被帽子嚇到嗎？」可是他畫的不是帽子啊，是一隻蟒蛇正在消化吃進去的大象。小修伯里說：「大人們老是需要說明才看得懂你要表現的東西。」但是他們還是叫他把畫束之高閣，好好唸地理、歷史、算術和文法，於是在六歲時聖修伯里就放棄畫家可能擁有的璀璨生涯。

　　隨著年齡，他成為一個大人，並且找到了一種觀看世界和內心的想法：飛行。有一次他為了打破飛行紀錄，他的飛機中途因意外迫降在撒哈拉沙漠，而且聖修伯里沒有帶技師，所以就只好自己修理。第一夜聖修伯里就睡在沙地上，日出時他被一種奇妙的小聲音叫醒，那個聲音說：「你…你願意替我畫一隻羊嗎？」這個小人兒既不像是在沙漠中迷路

了，也沒有一點疲倦、饑餓、口渴或害怕的樣子。聖修伯里說：「可是我不會畫。」那個小人兒說：「沒關係。」聖修伯里就只好畫畫看，他畫了好幾次那個小人兒還是不滿意，最後因為聖修伯里已經不耐煩了，所以他就畫了一個箱子說：「這是牠的箱子，你要的羊住在裡面。」這就是聖修伯里認識小王子的經過。

　　很久以後聖修伯里才知道小王子從甚麼地方來。小王子問了他很多問題，聖修伯里從小王子說的話中慢慢明白一切，像小王子的星球沒比一間房子大多少，而那個星球叫做B612小行星，這個小行星只在望遠鏡中被看到過一次，那是在1909年，一位土耳其天文學家所看到的。

　　小王子發現他的星球和小行星325、326、327、328、329、330號是鄰居，因此他開始拜訪他們，第一個小行星上住著一個國王，而且這個國王很會命令人；第二個星球上住著一個很自大的人，為甚麼說他很自大呢？跟一般人一樣，因為他覺得自己最厲害，最受崇拜；第三個星球上住著一位酒鬼，為甚麼他要喝酒呢？因為他覺得喝酒可以忘掉他的可恥；下一個星球屬於一個生意人，這個生意人每天都在算數；第五個行星很奇怪，它是所有行星中最小的一個，只能容下一盞街燈和一個點燈人；第六個星球比上一個大十倍，上面住著一位地理學家；而第七個星球就是地球。最後小王子離開了。

讀後感想：

　　覺得這本書是一本很不可思議的書，因為小王子的星球和他拜訪過的星球或行星都只有住一個人。書中描述的是小王子是一個來自一個小星球的人。作者不光是很有「想像力」，而且寫的東西還會讓人覺得這不是自己編的，而是親自經歷過的。

　　我想這本書應該也是作者在描述聖修伯里自己的寫照，例如小的時候，他所畫的一幅《像帽子》的畫作，但是他真正畫的卻是出乎眾人意料之外。最難得的是，作者長大之後，童稚之心依然沒有消失，總而言之聖修伯里是一個與眾不同的作家。能以全然不同的角度，來看很多大人認為早已沒有新鮮事的這個世界，而在最平凡無奇的地方發現驚喜。

　　我學到我們可以像作者一樣有豐富的「想像力」，能讓人生變得多采多姿。還可以像作者一樣「從不同的角度看世界」，這時你就會發現世界的奇妙。

☆本文榮獲98年龜山鄉書香校園暨閱讀心得比賽佳作獎。

讀書報告：《精靈的晚餐》

莊涵榕

書　　名：精靈的晚餐
作　　者：傑克・杜肯奈
譯　　者：王達人
出 版 者：三之三文化
出版年月：2003年11月

內容大意：

　　亨利是一個精靈，他住在一座古堡裡；有一天他邀請了他所有的好朋友共進晚餐。

　　亨利先給朋友們常常特製的酒；可是他們喝了什麼顏色的酒，就會變成什麼顏色，亨利給他們享受的下一道菜是筍瓜湯，一樣的，他們喝下去後就變成湯的顏色；接下來是燻魚、好吃的沙拉、香純的乳酪，但是這一次他們的身體不只變成了乳酪的顏色，還變成乳酪的形狀呢！接下來的菜是奇異果凍，沒想到吃完時他們已經以行不見了。接著亨利說：「咖啡時間到囉！」，喝完後他們就變成咖啡色了。

　　最後他們喝了一杯熱牛奶，喝完後又變成了原來的白色；他們認同：今天的晚餐完美極了。

讀後感想：

　　我覺得這本書很有趣，因為精靈們喝或吃下後，他們的身體就會變成那種顏色，讓我覺得不可思議。

　　我希望我也可以成為亨利的精靈朋友，因為可以和他們一起享受最完美的晚餐。

　　我學到有好的東西可以跟好朋友一起分享，還可以發揮創意，讓賓主盡歡。而且分享是一件美妙又令人快樂的事

　　我對這本書的印象很深刻，因為這本書的故事很有創意，而且內容很吸引人，一定會讓讀者看的津津有味喔！

讀書報告：我讀《灰王子》

蘇品嘉

書　　名：灰王子
作　　者：巴貝柯爾
譯　　者：郭恩惠
出 版 社：格林文化事業
出版年月：2001年9月

內容提要：

　　灰王子是一位一點也不像王子的王子，他滿臉雀斑、又瘦又小、總是渾身髒兮兮的，他有三個高大、強壯、毛髮又多的哥哥，他的哥哥最喜歡帶著女朋友到王宮跳舞，這個時候灰王子就得留在家裡打掃。

　　每當他做完工作時，他就會坐在火爐旁邊看書、休息，有時他會許願，希望可以像哥哥一樣英俊。有一天晚上灰王子在洗衣服時，有一位髒兮兮的小仙女從煙囪上掉下來，她對灰王子說：「我可以實現你的願望」。她揮動手上的武器唸起咒語，破布變成新衣。小仙女想不是泳衣又想沒事，現在來實現你最大的心願，變高大毛髮多，小仙女想是魔法所以他不知道他是猩猩，也安慰自己在午夜十二點就會失效。

　　灰王子高興的去參加舞會，他到王宮時才發現他個子太大進不去，他想坐車回家，灰王子走到公車站，看見一位漂亮的公主也在等車，灰王子問公主下一班車什麼時候來？這時午夜十二點的鐘聲「噹！噹！噹」響起來，灰王子變回自己的樣子，公主以為是灰王子把毛茸茸的大猴子嚇跑救了她，灰王子因為害羞，所以掉了頭，褲子掉了也不知道。

　　這位公主是位有錢又美麗的班妮公主，她張貼公告尋找褲子的主人，許多王子大老遠趕來試穿褲子，當然灰王子的哥哥們也搶穿，公主大聲的講讓灰王子試試看，灰王子穿上了，公主馬上向灰王子求婚，灰王子和班妮公主結婚了，過著幸福快樂的生活。

讀後感想：

　　大家都看過也都知道「灰姑娘」的故事，「灰姑娘」可以說是一本膾炙人口的故事書，可憐的灰姑娘因為常常受後母及兩位姐姐的虐待，只能終日在爐火旁生火煮飯、洗衣、做各種家事，弄得全身髒兮兮，所以叫「灰姑娘」。後來「灰姑娘」靠著仙女的幫助，如願去參加王子的舞會，在午夜鐘聲響起時，因為匆忙趕回家，半路上遺失了一隻玻璃鞋，靠著這隻玻璃鞋，可憐的灰姑娘變成了王子的新娘，從此遠離灰暗的生活，過著幸福快樂的日子。

　　「灰王子」這本書的作者巴貝柯爾，把我們所熟悉膾炙人口「灰姑娘」的角色改成男生，整個故事就好像灰姑娘的翻

版，非常有趣。這個「灰王子」也得到仙女的幫助，如願變成高大、強壯、毛髮又多的哥哥，只是作者更加有趣的把這樣的願望透過仙女的變法魔術變成「大猩猩」，害得無法如願參加舞會，轉而到車站等車要回家，在車站碰到公主，當時公主以為來了一頭「大猩猩」正當惶恐時，午夜鐘聲響起，大猩猩不見了出現了一位灰王子，而且因為太害羞了，把褲子遺失了都不知道。靠著這一件褲子，灰王子變成了公主的新郎，從此遠離灰暗的生活，過著幸福快樂的日子。

　　看完這本書我、想男生不一定要威武強壯；女生也不一定要溫柔可愛，難道幼小的男生，都是沒有用的傢伙，勇敢大方的女生，都是母老虎嗎。所以有時換一個想法想一想，會很有趣喔！

讀書報告：《牛墟》

吳佑翔

書　名：牛墟
作　者：林良
出 版 社：青林出版社
出版年月：2007年11月

內容提要：

　　早期台灣農村常會進行買賣牛隻，有彰化牛墟、北港牛墟、善化牛墟等，全台灣的牛墟還曾增加到八十四個，單善化牛墟就有過一天交易過三、四百頭牛的紀錄，已經可以用[牛山牛海]來形容這景象了呢。

　　每個牛墟做買賣的日子都有自己的規定，一共有「一四七」、「二五八」、「三六九」，善化牛墟的墟日是「二五八」，意思就是每月國立的二日、五日、八日、十二日、十五日、十八日、二十二日、二十五日、二十八日，牛隻買賣通常都在早上六點到九點，到時再來天色已亮，買賣牛隻的人也早已消失無蹤了。

　　牛墟雖已經隨著時代漸漸落了，但它的陳年往事仍令人回味。

讀後感想：

聽媽媽說她小時候在鄉下長大，常常在田裡看見工作的牛隻，或在街道上幫忙運貨的牛車，牠們是農村裡不可少的幫手。現在科技發達大部分的人都不再使用牛隻，改用名稱「鐵牛」的機器工作，所以牠們漸漸的消失，因此現在的人根本不太清楚牛對從前農業時代的台灣是多麼重要。這本書記錄了在全盛時期牛隻買賣的故事，讓人覺得很有趣，也讓人知道台灣農村的文化。

雖然我有親人住在善化，但我從不知道善化有牛墟這個傳統，直到我看了著本書，才了解牛墟對以前的人這麼的重要，希望下次有機會到善化去看一看當地著名的牛墟遺址。

讀書報告：《小天使學壞記》

周倢妤

書　　名：小天使學壞記
作　　者：陳景聰
出 版 者：小兵出版社
出版年月：2003年7月

內容提要：

　　康康是個小天使，因為爸爸在他中班時就對他說只要做一百件好事，頭上就會出現像爸爸和媽媽一樣的光環。於是他就一直做好事，漸漸地頭上也出現了光環。

　　但是，光環帶來康康很多煩惱。因為有些壞孩子會拿光環來做壞事，因此康康決定要做壞事來使光環消失的無影無蹤。

　　但他不會做壞事，於是他就請壞人來教他。例如：一群壞蛋裡的老大叫鴨罷的教康康搶劫銀行。但是卻無法成功，因為康康的本性善良，所以做什麼壞事總是無法成功。鴨罷認為一定是光環的問題，所以決定把光環搶過來。

　　一天，康康從外面回來，鴨罷一看到他就把他綁起來，拿走康康身上的光環並戴在自己的脖子上，沒想到光環開始縮小，讓他很不舒服，幾乎無法呼吸。接著，他的部下看到漂亮的光環也開始搶奪光環，最後每人都分到一個光環。他們神

氣的把光環戴在脖子上，但是後果都跟鴨霸一樣，光環開始縮小，把他們的脖子捆得越來越緊，幾乎窒息使他們非常不舒服。最後他們沒辦法只好把康康鬆綁，並要求他請他來教大家做好事，因為只又這這樣套在他們身上的光環，才有辦法消失；他們才能有一個自由轉動的脖子。

讀後感想：

　　這本書是希望大家都做好事，像康康一樣做一百件好事。俗話說：「助人為快樂之本」，如果我們能多做好事，多幫助別人，這樣不但使自己快樂，而且被幫助的人也會因此而快樂。

　　記得有一次在社區散步時，看到一個老奶奶騎腳踏車跌倒，我趕緊跑過去扶她起來，並把她的腳踏車牽回他家。回家後我自己感到很高興，因為我幫了一位需要我幫忙的人。我還將這件事告訴了媽媽，媽媽聽了很高興，還不時稱讚我呢！這種感覺真好。所以只要有機會或有能力我就要盡力幫助別人。

　　書中的鴨霸和他的同夥朋友，因為貪心搶奪光環被光環套住，後來他們也改過向善，學習康康一起去做好事，終於不必被光環所套住，而康康也可以無憂無慮的去做好事。有時我們也可以去影響朋友，讓他學習向善喔！

　　《小天使學壞記》告訴我們，人只要努力去從善，一定就可以讓這個世界更美好。

☆本文榮獲98年度龜山鄉書香校園閱讀暨閱讀心得比賽第二名！

國家圖書館出版品預行編目

愛上作文 : 長庚國小四年二班得獎作品集 / 陳
彩鷥編著. -- 一版. -- 臺北市：秀威資訊
科技, 2009 11
　　面；　公分. --（語言文學類；PG0282）

BOD版
ISBN 978-986-221-330-8（平裝）

859.7　　　　　　　　　　　98019601

 語言文學類　PG0282

愛上作文！
——長庚國小四年二班得獎作品集

編　　　著／陳彩鷥
發　行　人／宋政坤
執 行 編 輯／林泰宏
圖 文 排 版／郭雅雯
封 面 設 計／蕭玉蘋
數 位 轉 譯／徐真玉　沈裕閔
圖 書 銷 售／林怡君
法 律 顧 問／毛國樑　律師
出 版 印 製／秀威資訊科技股份有限公司
　　　　　　台北市內湖區瑞光路583巷25號1樓
　　　　　　電話：02-2657-9211　傳真：02-2657-9106
　　　　　　E-mail：service@showwe.com.tw
經　銷　商／紅螞蟻圖書有限公司
　　　　　　台北市內湖區舊宗路二段121巷28、32號4樓
　　　　　　電話：02-2795-3656　傳真：02-2795-4100
　　　　　　http://www.e-redant.com

2009 年 11 月　BOD 一版
定價：240 元

讀　者　回　函　卡

感謝您購買本書，為提升服務品質，煩請填寫以下問卷，收到您的寶貴意見後，我們會仔細收藏記錄並回贈紀念品，謝謝！

1. 您購買的書名：＿＿＿＿＿＿＿＿＿＿＿＿＿＿＿＿＿＿＿

2. 您從何得知本書的消息？

　　□網路書店　　□部落格　　□資料庫搜尋　　□書訊　　□電子報　　□書店

　　□平面媒體　　□ 朋友推薦　　□網站推薦　□其他＿＿＿＿＿＿

3. 您對本書的評價：(請填代號　1.非常滿意 2.滿意 3.尚可 4.再改進)

　　封面設計＿＿＿　版面編排＿＿＿　內容＿＿＿　文/譯筆＿＿＿　價格＿＿＿

4. 讀完書後您覺得：

　　□很有收獲　　□有收獲　　□收獲不多　　□沒收獲

5. 您會推薦本書給朋友嗎？

　　□會　□不會，為什麼？＿＿＿＿＿＿＿＿＿＿＿＿＿＿＿＿＿

6. 其他寶貴的意見：＿＿＿＿＿＿＿＿＿＿＿＿＿＿＿＿＿＿＿

　＿＿＿＿＿＿＿＿＿＿＿＿＿＿＿＿＿＿＿＿＿＿＿＿＿＿＿＿＿

　＿＿＿＿＿＿＿＿＿＿＿＿＿＿＿＿＿＿＿＿＿＿＿＿＿＿＿＿＿

　＿＿＿＿＿＿＿＿＿＿＿＿＿＿＿＿＿＿＿＿＿＿＿＿＿＿＿＿＿

讀者基本資料

姓名：＿＿＿＿＿＿＿＿＿　年齡：＿＿＿＿　性別：□女 □男

聯絡電話：＿＿＿＿＿＿＿＿　E-mail：＿＿＿＿＿＿＿＿＿＿＿

地址：＿＿＿＿＿＿＿＿＿＿＿＿＿＿＿＿＿＿＿＿＿＿＿＿＿

學歷：□高中(含)以下　　□高中　　□專科學校　　□大學

　　　□研究所(含)以上 □其他＿＿＿＿＿＿＿＿

職業：□製造業 □金融業 □資訊業 □軍警 □傳播業 □自由業

　　　□服務業 □公務員 □教職　□學生 □其他＿＿＿＿＿＿

秀威與 BOD

BOD（Books On Demand）是數位出版的大趨勢,秀威資訊率先運用 POD 數位印刷設備來生產書籍,並提供作者全程數位出版服務,致使書籍產銷零庫存,知識傳承不絕版,目前已開闢以下書系:

一、BOD 學術著作—專業論述的閱讀延伸
二、BOD 個人著作—分享生命的心路歷程
三、BOD 旅遊著作—個人深度旅遊文學創作
四、BOD 大陸學者—大陸專業學者學術出版
五、POD 獨家經銷—數位產製的代發行書籍

BOD 秀威網路書店：www.showwe.com.tw
政府出版品網路書店：www.govbooks.com.tw

永不絕版的故事・自己寫・永不休止的音符・自己唱